魔法使いのその前に

Forever remain virgin.

火崎 勇

YOU HIZAKI presents

ガッシュ文庫

KAIOHSHA

イラスト／乃一ミクロ

CONTENTS

本作品の内容はすべてフィクションです。
実在の人物・地名・団体・事件などとは一切関係ありません。

夢見がちなファンタジーマニアでも、現実の見えない中二病でもなく、俺は『魔法使いになる』と思っていた。

それはとてもよく現実を直視した、考えだ。

けれど、『そのこと』について、そんなファンタジーな表現を使うようになったのは、きっと彼に出会ったからだと思う。

艶《つや》やかな黒い髪に深遠を思わせる黒い瞳、蝋《ろう》のように白い肌。

日本人に見えないこともないけれど、初めて彼を見た時からどこの国の人なのだろうと思っていた。

日本語は上手く操るけれど、その彫の深い顔立ちも、びっしりと生えた長い睫毛《まつげ》や目尻が下から上へ切れ上がっていることも、日本人離れしていたから。

身に纏《まと》う空気もどこかこちらを緊張させるもので、自分よりも背の高い彼とすれ違うといつも肩に力が入ってしまっていた。

あれは、モテるタイプの男性だ。いや、モテるなんてものじゃなく、釣り合う特別な美女しか隣に立つことを許されない男だ。

俺なんかでは、初めて出会った時に挨拶《あいさつ》しただけで、声をかけるとか挨拶を交わすなんて、考えられない存在。

自分とは、違う世界に生きている人なんだろうなと感じていた。

けれど…。

その時は別だった。

夜になって降り始めた静かな雨。

さした傘から落ちる水滴。

銀の糸のように街灯の光を反射するスクリーンの向こうから見えてくる、自分の住むマンション。

建物の入口が明るい光を放つのが見えた時、その前に足を投げ出すように地面に座っている人影に気づいた。

黒いシックなスーツを身に纏った姿。人というより巨大なカスタムドールが打ち捨てられているかのように見えて、一瞬ドキリとした。

近づいて、それが彼だとわかると、俺は慌てた。

「羽川《はがわ》さん」

具合が悪いのかと思ったのだ。

でなければ彼がそんな姿で地面に座り込むなんて考えられなかったから。

「…君は?」

ちらりと上目使いにこちらを見た彼の目は、『お前は誰だ』と問いかけていた。

やはり覚えられていなかったか。それともこの傘をさしているから顔がわからないのだろうか？

「隣の部屋の佐久良《さくら》です。引っ越してきた時にご挨拶させていただいた」

「…ああ」

頷《うなず》いてくれたので、思い当たりはしたようだ。顔見知り、とわかってくれたようなので、しゃがんでその顔を覗《のぞ》き込む。

濡《ぬ》れた前髪が張り付いた額に雫《しずく》が伝う。蒼《あお》ざめたその顔は、けだるそうに見えた。

「具合が悪いんですか？　こんなところに座ってると、風邪をひきますよ」

「大丈夫だ。ちょっと疲れただけだ」

「でも…」

俺がもう一度声をかける、濡れた顔は艶っぽく苦笑した。

「空腹なんだよ」

「空腹？」

「腹が減って動けなくなったのさ」

こんなに綺麗《きれい》な人が空腹で動けなくなる、というのは信じ難いことだった。けれど、浮《うき》世離《よばな》れした感じのある彼ならば、腹が減るという極めて日常的な作業を失念していた、というのもあり得る気がする。

「気にしないで行っていいよ。暫《しばら》く休めば動けるようになる」

面倒臭そうに手を振る彼に、俺は勇気を出して言ってみた。

「あの…、よかったら、うちで食事しますか？」

以前から、この隣人に興味はあったのだ。できればお近づきになって、せめて言葉を交わせるようになりたいと。なので、声をかけたのは純粋な心配からだったが、誘ったのはちょっとだけ下心があってのことだ。

「君の部屋で？」

断られてもいい、とも思っていた。でもチャンスは活かすべきだ。

「はい。簡単なものしか出せないですが、その様子じゃ部屋へ戻っても自分で食事を作るのは無理でしょう？　インスタントのものでよかったらですけど…」

彼は暫く考えていたが、ふっと笑った。

「この状態でいる私に声をかけてきたのは君が初めてだし、インスタントの食事を提供すると言った人間も君が初めてだ」

「…すみません。じゃあお部屋まで送るだけに…」

やっぱり失礼だったか。そうだよな、彼ほどの人にインスタントなんて。でも、嘘《うそ》はつけない。今の自分の部屋にあるものでは、彼に相応《ふさわ》しい料理など作れそうにない。

もう行ってくれ、と言われるのを待っていると、彼はダンスに誘うように、優雅にその手を差し出した。

「いや。ぜひそのインスタントの料理を食べさせてくれ。ただし、不味《まず》かったら残すかもしれないがね」

「あ、はい」

冷たい手を握り、引っ張ると、軽やかにふわりと立ち上がる。

肩を貸して歩きだしても、寄りかかられているのにあまり重みを感じない。きっと、遠慮しているのだろう。

「気持ちの綺麗な人間の側にいると、気分がよくなるな。君、佐久良何と言ったっけ?」

建物の中に入り、濡れた足跡を残しながら奥へ進む。

「佐久良蓮《れん》です」

「レンってどう書くんだい?」

その質問は二度目だ。

「ハスの花の蓮と書いて『れん』と読みます」

「ああ、思い出した。挨拶に来た時もそう言ってたね。あの時は寝ぼけていてろくに相手もしなくてすまなかった」

忘れられた、と思ったが彼は思い出してくれた。それが妙に嬉しい。

「いえ。寝てらしたのかなって思ってましたから」

「仕事柄昼夜逆転することが多くてねえ。昼間は寝てるんだ」

何の仕事だか聞いてはいけないだろうか？　その戸惑いが通じたのか、彼は自ら口を開いてくれた。

「作家なんだ。というより学者に近いかな？　古い文献を解読したり、その訳本を書いたりしててね」

作家で学者。彼に似つかわしいような、似つかわしくないような…。彼なら、働かずに悠々自適でも納得しただろう。生活感の薄い人だから。

「君は？」

「俺は、ショップの店員です。輸入雑貨を扱う店で働いています」

「輸入雑貨？　アメリカとかの？」

「アメリカの物もありますけど、主にヨーロッパの物が多いです」

「へぇ、面白そうだな」

俺達の部屋は古い五階建てのマンションの一階だった。

とはいえ、ワンフロアに二部屋ずつしかない、とても豪華なマンションだ。おそらく、建ったころは億ションだっただろう。

彼の部屋は、エントランスから廊下を進んだ一番奥、俺はその手前。

「ちょっと待っててくださいね」

俺は彼に肩を貸したまま、肩にかけていたバッグの中から鍵《かぎ》を取り出した。

自分の部屋に、彼を招き入れることに胸を高鳴らせて…。


美男に免疫がなくて、麗しい隣人には緊張したが、美女には免疫があった。

昨夜遅くにやってきて、今、俺に朝食の用意をさせながらリビングでスマホをいじってる舞亜《まいあ》のお蔭《かげ》で。

ナチュラルカールの長い髪、アイラインを引くだけでシャドウを入れずにパッチリと見える大きな瞳《ひとみ》、顔の作りは上品だが、唇が少しぽってりしているところが色気を漂わせ、左の目の下にある小さな泣きボクロが更に女性らしさを強調している。

ボディラインも、頑張ってキープをしているだけあって、理想的なプロポーションだ。頭もよく、スポーツもこなし、子供の頃から『美人』と言われ、本人もそれを自覚していながら鼻に掛けない。

そんな完璧な女性と生まれた時から一緒に暮らしているので。

そう、舞亜は俺の姉だった。

俺が『姉さん』と呼ぶと年上に見られるからと、名前で呼ぶように命じた四つ年上の姉は、その美貌《びぼう》を活かしてパーティコンパニオンをしていた。

水商売系の、ではない。大企業の社長や、役人などが集まる高級なパーティで、通訳も兼ねているコンパニオンだ。

実は、この億ションも、舞亜の紹介で借りられたものだった。

彼女がパーティで知り合った社長さんが投資目的で買ったはいいが、誰も住まないと部屋が傷むからと、彼女にタダで使っていいと言ってくれたのだそうだ。多分、彼女を口説く材料にしたのだろう。

だが舞亜はその申し出を巧みな話術でコントロールし、弟の俺に格安で貸し出すようにと話をまとめてくれた。安くても代金を払う以上、贈り物にはならない。舞亜としては気が楽だし、相手は弟に貸すなら舞亜との繋《つな》がりが残るからと納得した。

ただし、俺が弟であることを確認するために、一度面談させられたが。

一介のショップ店員の俺が、分不相応な３ＬＤＫのこの部屋を使えているのは、そういうわけだ。もっとも、その３ＬＤＫのうちの一部屋は、彼女の部屋として使うという条件付きなのだが。

舞亜は、自分の価値をよくわかっていた。

そしてその全てを存分に利用していた。

だが、彼女を憎んだり疎ましく思ったりする者はいなかった。もちろん、俺もだ。

子供の頃から勝手に部屋に入られたり、今だってこうして予告なく泊まりに来たり、朝食作りを命じられたりするけれど、同時に俺が家を出たいと言った時に両親を説得してくれたり、この部屋を用意してくれたりと、人のために働くことも厭《いと》わないからだ。

ちょっと強引だけど、親切でもある。それが彼女を嫌いになれない理由だが、俺が魔法使いになるかもしれない理由でもあった。

魔法使いになる…。

それは、男が童貞のまま三十歳になると魔法使いになる、という都市伝説だ。

俺は今年二十五だが、未だ彼女と呼べる相手がいなかった。

それは、舞亜という完璧な女性に自分の目が慣れていたせいもある。だが、いいなと思う相手がいないことはなかった。

そういう女の子を家に連れてきて、舞亜に会わせると『あんな素敵なお姉さんがいると、私なんか…』と後込《しりご》みされてしまう。

そこをクリアしても、いい雰囲気になると舞亜が部屋に勝手に入ってくるから、一線を越えられない。キスすらできない。しかも、それを許してることで、シスコンのレッテルを貼られてフラレてしまう。

言っておくが、俺は絶対にシスコンではない。

舞亜に頭は上がらないが、彼女に恋心を抱いたことなど決してない。

けれど、彼女の側にいる限り、恋人を作るのは難しいだろう。

風俗ということも頭に浮かばなかったわけではないが、恋愛に夢は抱いていたし、姉や母がいる身で女性をお金で…というのには抵抗があった。

それに、もしそれが舞亜にバレたら…。考えるだに恐ろしい。

「蓮」

まるでそんな俺の考えがバレたかのように舞亜の声が響き、ドキッとする。

「何？」

慌てて返事をすると、化粧を終え、美しく着飾った舞亜がリビングから顔を出した。

「美加《みか》から連絡があって、ライブに誘われたから行ってくるわ」

「行ってくるって、食事は？」

「美加と一緒に食べるわ。美味しいパンケーキの店、見つけたんですって」

言ってる間に彼女は玄関へ向かった。

「もうできるのに」

ハイヒールを履いた彼女は既にドアを開けていた。

外は雨。湿った空気が入り込んでくる。

「ごめんね。でも女の友情は大切なのよ」

「ライブに行きたいだけだろ」

「わかってるなら許して」

舞亜はにっこり笑って俺に抱き着いた。

「今週末から海外旅行に行くから、少しゆっくりしてていいわよ。じゃあね、愛してるわよ、蓮」

悪いことをしたと思うと、ごめんなさいという代わりに『愛してる』と言うのも、彼女の口癖だが、それでどれだけ誤解されてきたことか。

彼女が今週末来ないというので、やっとゆっくりできると思いながら、『愛してる』のせいで終わった恋を思い出してほうっとタメ息をついた。

「彼女と会えないと寂しい？」

ふいに声がして、俺は周囲を見回した。

「すまないね、コンビニに行こうと思って出てきたら声がしたもので」

扉の陰から、ひょいっと顔を出したのは、麗しき隣人だった。

「羽川さん」

本当に、どうして俺の周囲には美形が多いのか。

「相変わらず大胆な彼女だねぇ。明るくて美人だけど」

羽川さんは、舞亜を俺の恋人と勘違いしていた。

俺が彼女を呼び捨てにすることと、彼女の過剰なスキンシップを見れば誰もがする誤解だ。いつもなら、それを慌てて『あれは姉です』と説明するのだが、羽川さんにはしていなかった。

理由は、男の見栄《みえ》だ。

舞亜を見られる前に、俺は彼がゴージャスな美女を連れ込むところを二度、見てしまった。二度とも違う女性だった。

厳密に言えば、はっきり見たのは二度だったが、女性を連れ込んでる気配はもっと察していた。

けれど自分はといえば、訪ねて来るのは姉一人。

それで最初に『君もなかなか隅に置けないね』と微笑《ほほえ》まれた時、つい『ええ、まあ』と言ってしまったのだ。

一度ついた嘘は、それこそ男のプライドにかけてバラすわけにはいかなかった。

「羽川さん、コンビニ行くってことはこれから朝食ですか？」

「夕飯だけどね」

「あの、よかったら食べに来ませんか？　彼女、友達と約束があるからって行っちゃったもので、一人分余ってるんです」

「いいのかい？」

「簡単なものですけど、よかったら」

「では是非」

彼はにっこりと笑って、扉の陰から出て来ると、俺に付いて部屋に入ってきた。

「リビングで待っててください、もうすぐできますから」

「いつも悪いね」

「いいえ。一人で食べるより、誰かと一緒の方が美味しいですから」

彼が『いつも』と言ったのは、あの雨の日以来、羽川さんがちょくちょく俺の部屋へ食事をしにやってくるからだ。

あの雨の日、俺は彼を部屋へ招くと、野菜炒《いた》めを載せたインスタントラーメンを作って差し出した。

本当にあり合わせで作ったものだったから、それを見るなり羽川さんは苦笑した。

これを自分に食べろと言うのか、という顔で。

俺は料理がヘタな方ではない。むしろ、一人暮らしをしようと決めてからは、色々と料理の勉強もしたのでまあまあな方だと思う。

でもあの時は本当に家に何もなかったのだ。

それでも羽川さんは気を遣って、箸《はし》を取ってくれた。

そして一口食べるなり、目を丸くして驚いた顔をしたかと思うと「美味しいよ」と言ってあっと言う間に全てをたいらげてしまった。

もちろんわかっている。

俺の料理が美味いのではなく、空腹がそうさせたのだろうということは。でなければめったに食べないインスタントというものに驚いたのだろう。

けれど羽川さんはここでも誤解した。

俺が料理上手なのだ、と。

そしてこれからも時々食事を作ってくれないかと頼んできた。食材の代金は支払うし、毎日ではなくていいからと。

戸惑いはしたけれど、もちろん、返事はイエスだった。

彼と親しくなれるチャンスだから。

憧れの人とお近づきになれるという理由もあったけれど、友人が欲しかったのだ。

大学を卒業してからそれまでの友人達もそれぞれ勤めを始め、時間が合わなくなってゆくと共に関係も遠のいてしまっていた。店の同僚はいるが、ここへ呼ぶことは出来なかった。理由は舞亜の存在と、この部屋の豪華さだ。

同じ給料をもらっているはずなのにこんな広い部屋を借りられるなんて、おかしいと思われるだろう。一から説明してもいいが、そうすると色々誤解も生まれそうで。

結局、この部屋を訪れるのは舞亜だけ。

だから、羽川さんが訪れてくれるようになることは大歓迎だった。

野菜たっぷりのスープと若鶏の唐揚げを挟んだホットサンドを持ってリビングへ行くと、彼はソファに座って待っていた。

「紅茶とコーヒー、どっちにします？」

「どちらでも」

「じゃ、朝だからコーヒーにしましょうか。目が覚めますよ」

羽川さんは、見かけによらず、話してみると割りとフランクな人だった。

本人曰《いわ》く、引きこもりの職業をしているから、世間ズレしているということで、俺とは知識や認識が違うこともあったけれど、それもまた会話の糸口となる。

「彼女、旅行？」

「そうみたいです」

「一緒に行かないの？」

「俺は仕事があるので」

姉弟の二人で旅行など行くわけがない。もし行くとしたら、俺は舞亜の奴隷だろう。

「こう言っては何だけれど、君の彼女は結構奔放《ほんぽう》だねぇ。他の男の人と付き合ったりとか、心配にならない？」

いや、さっさと誰か特定の男の人とくっついて欲しいくらいです。

「仕事柄男友達は多いみたいですけど、芯《しん》はしっかりしてるんで」

舞亜は、特定の彼氏を作らなかった。

結構遊んでいると思うし、今までもボーイフレンドを紹介されたりはしたけれど、結婚に結び付く相手はいなかった。

どうして結婚しないのかと訊《き》いたこともあったが、まだ一人に絞るのは面倒だと言われた。

自分の美貌に陰りが出るまで、自由を満喫するのだ、と。

俺は、陰りが見えたらもう相手が見つからないんじゃないと言って殴られたが…。

「信じてるわけだ」

「はあ、まあ。羽川さんは恋人は？」

「私？　うーん…」

彼はホットサンドを摘みながら、一瞬間を置いた。人差し指と親指だけで摘んで下から齧《かじ》り付く。そんな食べ方なのに中身が零れないのが凄《すご》い。

「まだ、かな。私は理想があるんだ」

「でもいつも美人の人が出入りしてるじゃないですか」

「あれはオトモダチだよ」

彼の言うオトモダチがどういう意味かはわかっている。

男としては羨《うらや》ましい限りだが、同時にほんの少し嫉妬《しっと》もした。

彼女がいる男に対する嫉妬、ではない。羽川さんの部屋に入って時間を過ごす女性達に対して、だ。

男が女に嫉妬する、というのがおかしいのはわかっている。でも、感じてしまうものは仕方がない。

最初から、俺は羽川さんに憧《あこが》れを抱いていた。

俺みたいに姉の恩恵ではなく、どうやら親がかりでもなく、自分の力だけでこんな立派なマンションに住んでいる甲斐性。誰もが振り返る美しい容姿。それも、ただ美しいだけじゃない。雑誌の真似をして流行の服や流行の髪形で作った美しさじゃなく、内面から滲《にじ》み出る妖《あや》しい美しさ。

そして立ち居振るまい。表情。

どれを取っても人を魅了する。男である俺であっても、だ。

近づけばドキドキする。

優しく微笑まれると舞い上がる。

もっと喜んでもらいたい、もっと一緒にいたい。そんな風に感じたり、考えたりすることがどういうことかわかっている。

これは、恋愛感情だ。いや、恋愛感情『みたい』だ。

俺はちゃんと女の子が好きで、今まで一度も男にときめいたことはないのだから『みたい』なのだ。そんなふうに感じさせるものが、この人にはあるのだ。

「そう言えば、この間、蓮が作ってくれた冷やしうどんが美味しかったんで外で食べてみたんだけど、やっぱり君の作るのが一番美味しかったよ。また作ってくれる？」

テーブルに肘《ひじ》をついて、背中を丸め、下から見上げるように微笑まれると、何でもしてあげたくなってしまう。

これがフェロモンというやつだろう。

彼に美女が群がるのも当然だ。

「あんなのでよかったら、いつでも作りますよ」

「何かコツがあるんじゃないの？」

「コツなんて。麺茹《めんゆ》でて、流水で洗ってゴマダレかけただけです。何時でも作りますよ」

羽川さんはじっと俺を見た。

真っ黒な目に、吸い込まれそうだ。

「本当に不思議だよね。私はね、あまり男は好きじゃないんだ。どちらかというと女性の方が好きでね」

「男なら女性が好きなのは当然ですよ」

あ、今少し傷ついた。

傷つくほどの言葉でもないのに。

「料理も外で食べるのは好きじゃない。他人が触れたものは好き嫌いが激しくてね。君は彼女もいるし…」

「はい？」

「ああ、いや。彼女がいるのに料理が上手いな、と」

「一人暮らしの条件だったんです。ちゃんとした料理が作れないと、コンビニ飯とかで済ませるだろうからって」

「コンビニ」

彼は嫌そうな顔をした。

「お弁当とか、買いません？」

「コンビニでは飲み物を買うぐらいだな。やむを得ない時には買うが、雑多な味がして好んでは食べたいとは思わないね」

冷たい言い方。

こういう時、彼は俺のことをどう思ってるのかと不安になる。

「飲み物だけじゃ身体に悪いですよ」

コンビニよりはマシ、と思ってもらえるだけで満足しなければいけないとわかっているのに、『俺だから』と言ってくれないかなと思ってしまう。

「君が作ってくれればいい。蓮の作る料理は特別だ」

まるでこちらの気持ちを読んだかのように言って、彼が笑う。

「俺なんかでよかったら何時でも作りますけど…」

ダメだなぁ。

この笑顔だけで、何でもしてあげたくなってしまう。

「迷惑か？」

「いいえ、誰かと食べる料理は美味しさ倍増ですから。いつでも食べに来てください」

「そうだな。『料理』は食べられない時もあるが、食べる気になったら来るよ」

「食べられない時はお粥《かゆ》でも作りますよ？」

「ん？　ああ、そうだね。でも、私は肉食なんだ」

「うどん、今度作る時には肉うどんにしましょうか？」

「肉うどん？」

「えっと、しゃぶしゃぶの肉を上に載せるんです。でなければ唐揚げを添えるとか」

「いいね」

「ハンバーグも作れます」

「いいな。明日にでも作ってもらうか?」

「もちろん。じゃ、明日の夜、いらしてください」

「いいだろう。明日、来るよ」

俺はきっと魔法使いになる。

だって自分に向かって微笑んでくれる『男』に、こんなにも胸をときめかせてるのだから。

彼女なんて、まだ遠いだろう。

そして、もしこの気持ちが本当の恋で、自分がゲイになってるのだとしても、この恋愛の成就は難しいだろう。

だって、相手はこんなにも素敵で、自分とはケタ違いにカッコイイ人だから…。


翌日は、約束通り彼のためにハンバークを作った。

手こねのハンバークはことのほか気に入ってくれたようで、羽川さんは美味しいを連発しながら食べてくれた。

「これはいい。是非また作ってくれ」

という言葉に口元が緩む。

作った料理を喜んで食べてもらえる、ということがこんなに嬉しいのは、きっと相手が羽川さんだからだ。

食事を作ることだけが、彼との接点なら、それを頑張りたいと思った。

でもその翌日には出掛けるということだったので、会うことはできず、顔は見られない。

どこに出掛けるのか、とは訊けなかった。俺にはその権利がない。自分でもよくわかっている。俺はお隣さんで、料理を提供してくれる人で、…でも友人ではないから。

きっとあの綺麗な女の人達の誰かと夜を過ごすんだろうな。

「なにボーッとしてるんだよ。あの客のレジ終わったら店閉めるぞ」

背中をどつかれて声をかけられ、俺はハッと顔を上げた。

「ボーッとなんかしてないよ。ちょっと考えごとしてたんだ」

どついたのは同僚の猿渡《さわたり》だ。

「それをボーッとしてるって言うんだよ。ああ、ほら。レジ終わったからシャッター閉めてきてくれ」

「はい、はい」

猿渡はちょっと偉そうに俺に命じた。

彼は同じ歳なのだが、学生時代からバイトで店に入っているので、一応先輩になる。だから態度が大きいのも仕方ない。

俺は言われた通り、店を出る最後のお客様に頭を下げながらシャッターを閉じるボタンを押した。

シャッターが下りる機械音と共に、広い店内が閉ざされた空間になってゆく。

俺が働く『ブルース』は輸入雑貨の店だ。

と言っても、小洒落《こじゃれ》た住宅街にある小さな個人営業の店とは違って、ちゃんとした株式会社。都内に三店舗を展開する、それなりに大きな会社だ。

俺がいる店は大きな商業ビルのワンフロア半分を占めるほど大きく、働いている者もさっきの猿渡を始め、何人もいた。

商業施設自体が高級指向なので、店も半分はドイツのクリスマス用品とか、イタリアのベネチアングラス、トルコのタイル等、高級なヨーロッパ系の雑貨を扱い、残りの半分は同じくヨーロッパの個人デザイナーの洋服やアクセサリー等を扱っている。

店で一番仲がいいのは、同じ歳の猿渡だが、彼には恋人がいた。

「シャッター閉めたよ」

シャッターを閉めて戻ってくると、猿渡はレジを集計している津川《つがわ》さんと一緒にいた。

「ご苦労さん。佐久良、ちょっと来いよ」

手招きされて二人の近くに行くと、彼は突然手を伸ばして俺の額に触れた。

「熱、ないな」

「何だよ、急に」

「津川さんがさ、お前がボーッとしてばっかりだから、病気なんじゃないかって」

集計のレシートを吐き出すレジの前に立つ津川さんは、俺達よりずっと年上で、この店の主任だ。

そして女性客がターゲットの店だからか、二人とも結構なイケメンだった。

全く、どうして俺の周囲ってば…。

「大丈夫ですよ。全然元気です」

優しげな顔でこちらを見る津川さんに、ガッツポーズのように腕を上げ、元気さをアピールする。

「インフルエンザ、流行ってるんだって。気を付けるにこしたことはないから、具合が悪かったらすぐに言うんだよ」

「はい」

「じゃ、もう上がっていいよ。女の子達は上がったから」

「はい。お先に失礼します」

軽く会釈し、猿渡と共にその場を離れる。

「本当に大丈夫か?」

控室に向かう途中、猿渡はもう一度俺の頭に手を伸ばした。だがその手が触れる前にひょいっと避ける。

「大丈夫だって、考え事してただけだって言っただろ」

「何考えてたんだ?」

「別に」

相談…、できる内容ではないからしらばっくれた。

だってそうだろう? 隣の部屋に住む男のことが気にかかってボーッとしてたなんて、おかしすぎる。

でも彼がまだ心配そうな顔をしているので、俺は違う理由を口にした。

「料理のレパートリーが少ないから、何作ろうかと思ってただけだよ」

「何だよ、それ」

「姉さんが食べに来るからさ、文句言われないようにしようと思って」

ごめん、舞亜。

「ああ、あの美人のお姉さんか」

猿渡は舞亜と会ったことがあるので、夢見るような視線で天井を仰いだ。

「いいよなぁ、あんな美人がお姉さんだなんて」

舞亜の実態を知ったら、そこまで夢見る顔はできないだろうが、真実をバラして彼の夢を壊すようなことはしたくなかった。

それに、舞亜がいい姉だということは確かなのだし。

「姉さんが時々泊まりに来るから、少し凝った料理を作ってやろうかと思ってさ」

更にごめん、舞亜。本当は羽川さんのためなんだけど。

「それなら、下の本屋がまだやってるだろうから、料理の本でも買ったら？　そんで、今度弁当にして俺にも持ってきてくれよ」

「何だよ、それ」

「手料理って憧れるじゃん」

その言葉に、俺は自分が考えていたことを思い出した。

「やっぱり、手料理って憧れる？　男が作っても？」

もしかして、羽川さんが俺のところに来るのは手料理好きだからなんじゃないかって考えたことを。

「そりゃあね。温かいものが温かいままに出てくるっていうのはいいもんだよ。それに、自分のためだけに作ってくれるってのもポイント高いだろ。男が作ったのはって言っても、料理人って大概男だしな」

なるほど。

「でも猿渡は俺の作る弁当より、麻由《まゆ》ちゃんが作るインスタントラーメンのが美味いんじゃないの？」

猿渡の彼女の名前を出すと、彼は肩をひょいっと竦《すく》めた。

「そりゃな。そこは愛情の差があるから」

「ごちそうさま」

「お前も、いつまでも姉さんばっかり考えてないで、彼女作れよ」

「作りたいと思ってるよ。でも相手がいないんじゃしょうがないだろ」

「…不思議だよな。佐久良は顔も性格もいいのにな。ああ、だから『いいお友達』で終わっちゃうのかな」

キツイ言葉だ。

「もういいよ。お先に」

「おう、じゃ、また明日」

着替えを済ませると、俺は猿渡より先に控室を出た。

ビルの中は全店同時閉店なので、もう人の姿はない。

従業員専用のエレベーターに向かってゆく人の流れがあるだけだ。

「料理の本、か」

地下にある本屋だけは一時間閉店が遅いからまだやってるだろう。

俺は一階のランプだけが灯っているボタンに手を伸ばし、B1を押した。

自分でも、バカだとは思う。

接点も少ない、友人扱いもされていない隣人の男にどうしてこんなに尽くしているのかとも思う。

友人じゃない、と思うのは、彼をオフの日に遊びに行きませんかと誘ったことがあったのだが、どうしてという顔で見返されたからだ。

その時の彼の表情には、そういう付き合いじゃない、と浮かんでいた。

なのに彼に料理を作るため、俺は真っすぐ家に戻るし、料理の腕を磨いて、冷蔵庫に食材を詰め込んでお呼びがかかるのを待っている。

こんなの、普通じゃないと思う。

でも止められないのだ。

自分がお人よしだとか、カッコイイ人に憧れてるというのもあるだろう。

でもどうしても、彼を見ていると最初の日に会った時のことを思い出してしまうのだ。

雨の中、打ち捨てられた人形。

羽川さんは女性の出入りは多いけれど、どこか孤独の匂いがした。一人で、誰も自分と同じ場所にはいない、近づくこともできない、という匂いが。

自分には家族がいた。うるさい姉もいる。今は仕事で会えないが、友人だっている。

でも彼からはそういうものの気配を感じたことがない。

本人はそんな気はないのだろうが、そういうところを勝手に『寂しそう』と感じてしまうのだ。

そして、せめて俺ぐらいは側にいてあげたい、と。

おこがましい話だけれど。

エレベーターが地下に到着すると、俺は本屋の料理本のコーナーに向かった。

洒落た肉料理の本を探すために。

閉店間際だというのに、意外にも多い客の中を横切って、入り口にほど近い料理本のコーナーに着くと、そこには先客でサラリーマンらしい男の人がいた。

よかった。女性客ばかりだったらどうしようかと思っていたところだ。

平積みになっている一冊を手にとってパラパラとめくる。

彼は、どんな料理を喜んでくれるだろうか？

一緒に食事をするって、大切なことだと思う。

誰かの顔を見ながら『美味しいね』と言い合うのは、クサイ言い方だけど心の栄養になると思う。

ああ、そうか。

俺はあの人を満たしてあげたいのだ。

食べ物だけでなく、自分が勝手に感じている心の飢餓感を埋めてやりたいと思っているのだ。

単なる料理係でしかなくても、あの人に与えられるものがあるなら与えたいと思っているのだ。

そうしたら、自分も彼にとっての『何か』になれるかもしれない。

「何かって、何だよ…」

自分でツッコミを入れたくなるけど。

山ほどある料理の本から、俺は『アイデアお肉の一品』という本を選んだ。彼が肉食だと言っていたから。

たとえ報われなくても、彼のためになることができるならそれでいい。

こうして羽川さんのことを考えてるだけで充実できるのだから。どうせ他に考える人などいないのだ、彼のことだけを考えていてもいいだろう。

「…でもそれってやっぱりアブナイよな」

ビルの外に出ると、小雨が降っていた。

俺は本を濡らさぬように上着の内側に入れると、駅までの道を走った。

雨は好きだ。

あの日のことを思い出すから。

そんなことを思いながら。


だがセンチメンタルな気分だけで全てが進むわけではない。

現実、家に着く頃には本降りになった雨に打たれて、翌日俺は熱を出した。

「インフルエンザ、流行ってるって言ってたっけ」

昨夜の津川さんの言葉を思い出す。

一応店に電話を入れると、その津川さんに店には来るな、と言われてしまった。

『お客様に感染したら大変だからね。今日は休みなさい』

「でも咳《せき》とかはないんですが…」

『今年のインフルエンザはタチが悪くて、一気に熱が上がるらしい。今日は三十九度の熱が出たって、もう一人女の子も休みなんだ。甘く考えないで休みなさい』

三十九度。

それは大変な…。

「…わかりました。すみませんが休ませていただきます」

電話を切ると、俺は深いタメ息をついた。

身体がだるい。

熱はまだ三十九度なんてすごいものじゃないけど、これから上がるんだろうか？

こんな時に限って、舞亜は旅行中だ。

「週末、ずっと海外って言ってたもんな…」

一人暮らしの寂しさは、病気になると痛感するというけど本当だ。

子供の頃なら、熱が出たといえば親が特別扱いしてくれて、どんなに苦しくても王様気分で世話を焼いてもらえた。

でも大人になったら、ただ苦しいだけだ。

俺は冷蔵庫からミネラルウォーターのペットボトルを出して枕元へ置くと、ベッドに潜り込んだ。

風邪なんて引くのは久しぶりだから、薬の買い置きはない。少し楽になったら、薬を買いに行かなくちゃ。

それと、食料と水。

冷蔵庫に羽川さん用の食材はあるけれど、今は食べる気になれない。

冷たいゼリー飲料か何かが欲しい。

そう考えるのはもう熱が上がってきた証拠だろうか？

…かもしれない。

頭が熱っぽくなってきたのに、肩口が妙に寒い。

「やだなぁ…」

どうか酷くなりませんように、と願いながら布団をしっかりと身体に巻き付ける。

頭がボーッとして、起きたばかりなのにすぐに眠気に襲われた。

じっとしてるしかないな。

…これが、孤独だ。

誰かに助けを求めることも、誰かが助けに来てくれることもない。何もかも自分一人でやらなければならない。

苦しみも、そして喜びも、共に味わってくれる人がいない。寂しさを感じても、それを訴える相手がいないから、ただじっと耐えるだけしかできない。

自分の状況はそこまで深刻ではないけれど、孤独とはそういうものだと思うと、また羽川さんの顔が頭に浮かんだ。

時折彼が見せる無表情な顔は、こういうことの積み重ねの結果なのではないだろうか？表情を浮かべても、見る人がいなければ意味がないもの。だからだんだんと無表情になってゆくのだ。

もしかして、彼が喜んでくれてるのは俺の手料理じゃなくて、言葉を交わす相手がいるということなのかも。女性達とは違って、俺なら同性だから気を遣う必要もないし。

勝手な想像だけど…。

羽川さん…。

雨に濡れた彼の横顔を思い出し、胸がきゅんとする。

会いたいなあ。

会いたい時に『会いたい』って言える仲になりたいなぁ。

それがどんな気持ちでも、今一番俺の心を占めているのは彼なのだ。それはもうとっくに認めている。

うとうととしながら、寝たり起きたりを繰り返す中、思い出すのは彼のことだけだった。家族も、友人も思い浮かばず、これじゃもし彼が来ても料理が作ってあげられないな、ということとしか考えられなかった。

住む世界が違っても、想うぐらいはいいじゃないか。それぐらいは許されるだろう。

その時、部屋にチャイムの音が響いた。

「…誰?」

目を開けて、重たい身体でベッドから這《は》い出し、ふらふらと玄関へ向かう。どうしてだか上手く歩けなくて、二度ほど壁にぶつかった。

インターフォンで出ればよかったのか、と思ったのは、ドアを開けてからだった。

「今日は休みか? 気配があったので食事をしようかと誘いに来たんだが」

扉の向こうに立っていたのは、会いたい、会いたいと願っていた羽川さんだった。

慌てて口元を押さえ、一歩退く。

「蓮?」

「近づかないでください」

そう言った途端、彼の目が妖しく光った気がした。

「何故？」

怒ったのかな、目だけがキラキラと輝いて見える。俺が嫌ってると思ったんだろうか。

「俺、体調が悪いんです。インフルエンザかもしれないので、感染《うつ》るといけないから」

俺が嫌うぐらいで彼が怒るわけはないのに、もしそうだったら、と思って言い訳をすると、彼の日から妖しい光が消え、笑みに変わった。

「インフルエンザ？」

よかった、いつもの顔だ。

「はい。だから、今日は料理作れなくて…、ごめんなさい」

立ってると頭がくらくらする。

店に電話をした時より悪くなってるんだろうか。おとなしく寝てたのに。

「熱とかあるのか？」

「朝、計ったら、三十七度九分でした」

「それは平熱より高いね」

「はい」

本当は、すぐにベッドに戻って横になりたかった。

しんどい。

朝は感じなかった寒気で背筋がゾクゾクする。

でも、訪れてきた羽川さんを追い返したくはなかった。さっき近づかないでと言った時の彼の顔を思い出すと、拒否の言葉と取られるようなことが口にできない。

それに、苦しいからこそ、大好きな彼の顔をもっと見ていたかった。彼の声を聞いていたかった。

「大丈夫?」

「寝てれば治ると思います」

今、何時なんだろう。開けたドアの外はまた雨が降っていて、暗い空は時間がわからない。まだ昼間だとは思うのだけど。

「どれ」

彼の手が伸びて額に触れる。

冷たい手。

昨日猿渡にもされたことなのに、彼の手だと思うと熱が上がる。

「だめです、触っちゃ。感染りますよ」

彼の手の冷たさは気持ちよかったが、風邪を感染してしまう、と思って慌ててまた一歩下がった。

だがそれがいけなかった。

ふらふらする頭で急に動いたせいか、俺はよろめいてその場に蹲《うずくま》ってしまった。

「蓮?」

気持ちが悪い。

吐きたい。

何も食べてないのに、急にムカムカしてくる。

でも羽川さんの前で吐くなんてできない。

「だいじ…、もう戻ってくださ…」

「蓮?」

冷たい手が首筋に触れた。

ひやり、とした感触に力が抜ける。

だめだ、と思った時には、俺は真っすぐに身体を起こしていることができなかった。

熱のせいか、彼に触れられたせいか、何かが流れてゆくような感じで力が抜け、目の前に床が迫る。

『甘くえないで休みなさい』
電話で聞いた津川さんの言葉が頭を掠《かす》める。
次の瞬間、目の前からは何もなくなった。
床も、羽川さんも、光も、何もかも…。

身体が重い。
頭が痛い。
誰かが俺の頭を掴《つか》んでぎゅっと握ってるみたいに、鈍い痛みが頭全体を包んでいる。
関節も痛かった。
肩や、肘や、膝《ひざ》や、ここが関節だって思うところは全部。
息が苦しい。
もっと深く呼吸をしようとして、口を開けるとカサついた唇がこすれるのを感じた。
口呼吸をしてるから？　熱で乾燥してるから？
ああ…。こんな時家だったら、きっと母さんや舞亜が冷たいタオルを頭に載せてくれるのに。
薬を買いに行かなくちゃ。
病院へ行った方がいいのかな。
でも何かもっと大切なことを忘れてる気がする。
「蓮」
声が響く。
この声は…。
「聞こえるか？」
そうだ、羽川さんの声だ。
彼が訪ねてきてくれていたんだった。彼の前で倒れてしまったのだ。
俺は『聞こえてます』と返事をしようとしたが、口が上手く動かなかった。
「やれやれ、意識を失ったか」
違います。
意識はあります。
ただそれを伝えられないだけで。
ひやり、と冷たいものが額に載った。

ああ、濡れタオルだ。

羽川さんが看病してくれてるんだ。

俺は何か言おうと目を開けた。

暗い部屋。

窓から差し込む灰色の光は、明るいとは言い難い。雨がまだ降ってるからだろう。でも、部屋の中に雨音は聞こえなかった。

濡れタオル、と感じたのは、ベッドの傍らに立つ彼の手だった。

ベッド…。

玄関先にいたのに。彼がここまで運んでくれたのか？

「熱が高いな」

静かで、彼の声だけが妙にクリアに響いていた。

見下ろす彼の顔は心配しているようには見えない。むしろ困った、という顔だ。

それはそうだろう。突然倒れた病人の対処なんて、彼にとっては迷惑以外の何者でもないはずだ。

大丈夫、と言いたかった。

俺はあなたが好きだから、迷惑をかけたくないんです。迷惑だ、と思われて足が遠のく方が、病気の苦しみより辛いんです。

だから、迷惑、と思う前に帰ってください。

でも、声は一言も出なかった。

彼の声はハッキリ聞こえているのに、自分が何かを言おうとすると、ぜえぜえという激しい息遣いだけしか聞こえない。

「男は好きじゃないんだが、仕方ないな」

羽川さんの手が離れる。

「君にはいつも美味しい料理を作ってもらってるからね」

無くなった冷たさが寒気に変わる。

「本当に不思議だよ。食事は元来必要不可欠なものではない。ただ手に入らない時の一時的な代用品でしかない。なのに君が作る料理は『美味しい』と感じる」

美味しいですか。それはよかった。

「その貴重な料理人を失うのはもったいないからね」

…料理人。

でも『貴重な』と付けてくれた。

彼の言葉を追って散漫な思考が頭を巡る。熱のせいか、ちゃんとした思考ができていない。
見上げる羽川さんの顔がにやりと笑う。
怖いくらい美しい微笑みだった。
「これは夢だ。蓮は今、夢を見てるのだ」
そう言ったか思うと、羽川さんは俺にかかっていた布団をバッと捲《まく》った。
ふいに寒さが身体を包む。
けれど次の瞬間、そんな寒さも全てふっ飛んでしまった。
指。
彼の冷たい指が、俺の首筋を撫《な》でる。
寝間着代わりに着ていたスエットの丸首の襟をたどるようにゆっくりと動く。
触れるか触れないかの微かな動きに、寒気とは違う鳥肌が立った。
「あ……」
乾いて張り付いていた喉《のど》から、一音だけ零れ出た。
指先が首を這い上り、耳に触れる。
耳の後ろを弄《いじ》って、また首に戻る。
ゾクゾクした。

彼が言う通り、これは絶対夢だ。

だって羽川さんが俺の身体を弄《もてあそ》ぶなんて、現実であるはずがない。

「ふむ……」

指先は一旦離れ、ほっとしたかと思うと、今度はスエットの中に入り込んだ。

あばらの真ん中をたどって、胸の中央で止まる。

いつの間に覆いかぶさってきたのか、彼の顔は俺の目の前にあった。

黒い瞳。

白い肌。

赤い唇。

夢の中でも、彼は人形のように美しい。

「気持ちよくなるよ」

そう言うと、彼は手のひらを強く心臓に押し付けた。

ドクン、とまるで何かを注入されたように心臓が跳ね上がる。と、同時に痺《しび》れるような快感が全身を走った。

な……に……？

熱で痛んだ関節が、溶けてゆくようにベッドに身体が沈む。沈んでゆくように感じる。

足の指の先まで、そのチリチリとした痺れが走り抜け、恥ずかしいことに俺は『感じて』しまった。

勃起《ぼっき》…した？

いや、これは夢だからいいんだけど。でもやっぱり恥ずかしい。

「特別だ」

目の前にあった彼の顔が近づき、耳にキスされる。

「ん…」

だめです、ヤバイです。

そんなことされたら、我慢ができなくなってしまいます。

でも言葉は相変わらず喉の奥に張り付いたままで、出て来るのは「あ…」とか「う…」とか、一音ずつだ。

「蓮は、女の子みたいに可愛いな」

確かに俺は女顔だけど、今まで彼が俺にそんなことを言ってくれたことはなかった。やっぱりこれは夢なんだ。

だとしたら、俺は女の子になりたいのか？

女の子になって、彼に触れて欲しいと思っていたのか？

「ん…」

耳を舐《な》められ、ゾクッとする。

全身を駆け巡る甘い感覚が一点に集中する。

羽川さんの舌が、今度は俺の首を舐めた。

手が、スエットから引き抜かれ、顔を愛でるように撫でる。

気持ちいい…。

さっきまでの苦しさなどどこにもなかった。

感じるのは、ただ快感だけだった。

触られてるのは顔と首だけなのに、全身がそれに呼応して震えている。

「意外だな。美味しいよ、蓮」

料理のように、俺を味わってる？

いや、俺の夢なのだから、味わって欲しいと思ってるのは俺か。

彼に料理を作ってあげたいと思っていた気持ちの真実は、彼に自分を食べて欲しいと思ってたってこと？

「あ…」

目眩《めまい》がした。

指一本動かせない状態は変わらないので、熱が集まる場所が痛むほど苦しくなっても、何もできない。

せめて、俺がそうなってることをこの人には知られませんようにと祈るだけだ。

夢であっても、彼に欲情していることを知られたくない。

「美味いよ」

耳元で、囁《ささや》いた唇が、俺の呼吸を奪う。

唇が重なって、冷たい彼の舌が口の中に入り込む。

深いキス。

爆発しそうな自分の欲望。

これがリアルだったら、ファーストキスだ。あまりの生々しさにそんなことを考えた。

だって、想像とは思えないほど舌の質感が伝わるのだもの。

蠢《うごめ》き、俺の舌を捕らえ、吸い上げ、舐《ねぶ》る。

その間、彼の手は首筋に置かれ、そこから熱が吸い上げられてゆく。

苦しさが甘さに変わる。

「ん…」

やっと唇から離れた彼は、俺の下半身を見て笑った。

ああ…、気づかれてしまった。

「若いな」

恥ずかしくて顔が熱くなる。これはそういうことじゃなくて…、と言い訳したいのに、口が動かない。声も出ない。

「残念だが、今日は止めておこう。ゆっくりと休むといい」

…ですよね。いくら夢でもそこまでは…。

「だが私は君に対して興味が湧いた。蓮は、特別らしい」

欲しかった言葉が与えられる。

ああ、いい夢だ。

俺は、この人の特別になりたかった。その欲を満たしてくれる夢だ。

羽川さんは小さく舌なめずりすると、俺の首を甘く噛《か》んだ。

またゾクッとした感覚が走る。

「君はまだ病人だからな」

そして額にキスをして、布団を掛けてくれた。

「今は眠るといい。ゆっくりと…」

まるで催眠術のように、彼の言葉に促され睡魔に襲われる。

眠い、と思ったら、もう抗えなかった。

ベッドに溶けていた身体が再び構築され、『俺』という物体を作る。呼吸はもう苦しくなく、身体には力があった。

ただ、一点に集まった熱だけは、眠りの中でも消えることなく留まり続けた。

俺の本心のように。

「…おやすみ」

気づかなかった欲望の証拠のように…。


目が覚めると、酷くバツが悪い気分だった。

悪い夢を見た。

いや、いい夢なのか？

どっちにしろ、あり得ないことを夢に見てしまった。

羽川さんに身体中触れられて勃起してしまい、それを見られてしまう、なんて夢。

夢…、だったよな？

凄くリアルだった気もするけれど、夢としか考えられない。羽川さんが俺にキスとか、考えられないだろう。

しかし…、いくら女っ気がないからって、羽川さんに欲情する夢を見るなんて。淡泊だから女性に対してさほどアプローチをしようという気がないのだと思っていたけれど、案外溜《た》まっていたのだろうか?

俺は、ベッドの上で身体を起こした。

「…熱、下がったな」

お腹も空いてる。

枕元の時計を見ると、三時だった。

窓の外は暗い。

明け方ってことか。随分寝たな。

ベッドを降りてシャワーでも浴びようとリビングへ向かうと、テーブルの上に何かが置かれているのが目に入った。

明かりをつけてもう一度見ると、コンビニの袋に入ったドリンク剤とメモだった。

『冷蔵庫にサンドイッチが入ってる。起きたら食べなさい。　羽川』

え?

羽川さん…、本当に来たのか？
じゃ、あれはどこまでが現実で、どこからが夢？
あの人が来て、応対して、立ち眩《くら》みをして倒れて…。
そこまでだよな？
心臓がドキドキする。
意識した途端、バッと奔流のように記憶が蘇《よみがえ》る。
彼が俺にキスして、胸に触った。
『意外だな。美味しいよ、蓮』
耳に谺《こだま》する甘い声。
肌に、まだ指が触れているような感覚。
俺はそれを嬉しいと思っていた。
「あり得ないって」
思わず声に出して否定する。
あり得ないって。
あんなこと、彼がするわけがないって。
たとえどんなにつぶさに思い出すことができたとしても、あれは単なる夢だ。夢に決まってる。

落ち着くためにも、やっぱりシャワーを浴びようとバスルームへ向かった俺は、服を脱いでまた驚いた。

首にうっすらと赤い痕《あと》がある。

まるで、キスマークのような。

「まさか…、ね」

きっと熱が出て、暑くて自分で掻《か》き毟《むし》ったに違いない。

羽川さんのキスマークであるはずがない。

けれど…。

俺は暫く鏡に映った自分の姿を見つめたまま、動くことができなかった。

色んな思いが交錯して…。


シャワーを浴びて、冷蔵庫の中のサンドイッチを食べて、もう一度寝直した後、いつもの時間に目を覚ますと、俺は仕事に向かった。

インフルエンザなら、大事をとってもう数日休んだ方がいいのだろうけれど、あまりにもすっきり治ってしまったので、このまま仕事を休むには気が引けた。

定刻で店に入ると、津川さんは驚いた顔で俺を迎えた。

「インフルエンザじゃなかったのか？」

「そうだと思ったんですけど、普通の風邪だったみたいです。一晩寝たらすっきりしちゃって」

「まだ休みの子もいるからこっちとしてはありがたいけど、本当に大丈夫？」

「はい」

「じゃ、頼もうか」

「はい」

店へ出ると、猿渡にも言われてしまった。

「あれ？　インフルエンザじゃなかったのか？」

「違ったみたい。一晩寝たら治った」

「本当に病気だったのか？」

「ズル休みしたって言うのか？」

「違う、違う。お前みたいに真面目なヤツがズル休みするわけないじゃん。有休も残って

るんだろう?」

「まあね」

「ひょっとして、疲れが出たんじゃないのか?　ストレスとか」

疲れか…。そうかもしれない。

「どっちにせよ、もう大丈夫だから頑張って働くよ」

「俺ならもう一日病気だって言って休むけどな」

猿渡はそう言って笑った。

本当のことを言えば、休むことも考えないではなかった。

でも、あの部屋で一人でいると、色々考えてしまいそうで嫌だったのだ。

あんな夢を見た理由が、自分の中にあるのではないか、と。

今まで、女性とそういうことになる夢を見たことなどなかった。

舞亜が下着姿でうろうろするのを見ても、その時焦って多少はドキドキするようなことはあっても、それに触発されてどうこうするということはなかった。

ガールフレンドがいる時だって、起きてる時に彼女といい関係にならないかなぁと想像したことはあったけれど、寝ている時にそれを考えて夢を見るなんてこともなかった。

夢は欲望の表れだという。

秘めた願望が解放されて、夢を見るのだと。

だとしたら、俺は羽川さんとそういうことを望んでいたということになるのだろうか？

まさか、だ。

そりゃ、羽川さんはかっこいいし、彼に憧れは感じる。側に来られるとドキドキするし、彼のために料理を覚えようとか、喜ばせることをしてあげたいとか、もっと親しくなりたいと考えることもある。

でもあれは違うだろう。

あんなことを望むなんて、俺が男を好きで、男性とそういうことをしたいと思ってるってことになってしまうじゃないか。

…と、いうようなことをずっと考えてしまうから、部屋に一人でいるのは危険だと思ったのだ。

だが、店に来ても、頭の中からそのことが消えるわけではなかった。

棚の整理をする猿渡を見ても。

猿渡を相手にはああいう夢を見ないような、とか。

猿渡はああいう夢を見たことがあるんだろうか、と考えてしまう。

「何俺見てボーッとしてんの？」

振り向いた彼に指摘され、慌てるぐらいに。

「あ、いや。隣の人が…」

「隣？」

隣の人に襲われちゃう夢見てさ、とは言えない。笑い話にできないくらい、真剣に考えてるのだ。

「いやあの…。マンションの隣の人が、昨日世話っていうか、買い物してくれて。サンドイッチとか買ってきてくれたんだけど、やっぱりお礼した方がいいよな？」

「そりゃした方がいいんじゃない？」

「何しようか？」

「何って…。ウチの商品でも買ってく？　ベネチアングラスなんてお買い得よ？」

「バカ、幾らすると思ってるんだよ」

あの人になら、何万もするベネチアングラスを買って贈ってもいいとは思う。彼なら、その価値がわかるだろう。

でも、サンドイッチのお礼に、では釣り合いが取れなくておかしいだろう。

「冗談だって。マグカップとか、タオルとか、その辺のものでも買ってけば？」

「うん、そうだな。あの…」

「何？」

「猿渡、風邪引いて疲れてる時とか、変な夢とかみたりする？」

「見るんじゃない？　っていうか、別に疲れてなくて見る時は見るでしょ」

そんなもんなのか？

もう少し突っ込んで訊いてみようかと思った時、お客様が入ってきたので、猿渡は立ち上がって俺から離れて行った。

でもそれでよかったのかも。

男の人と、キスする夢とか見たことある？　と訊いたら、お前はゲイなのかと言われてしまいそうだ。

ゲイ…、なのかな。

俺は男の人の方が好きなのかな。

いや、でも猿渡にそういうことを考えたことは一度たりともなかった。猿渡だって、それなりにハンサムな男だと思うのに。

猿渡だけじゃない。今までだって俳優やモデルを、カッコイイと思ったことはあっても、この人が好きだとか、この人とキスしたいとか考えたことなんかなかった。

「…羽川さんだけ？」

特定の人物をそういう目で見てるってことは、その特定の人物だけが好きってことになるのか？　つまり俺は羽川さんを…。

慌てて、頭を振った。

まずい、まずいよ、それは。

俺が羽川さんに恋してるとか考えるなんて。

いや、恋してるみたいだって思ったことはあった。まるで乙女みたいに彼の側にいるとドキドキしてる自分を自覚していた。

あの時、俺は彼の特別になりたいと自覚した。その願いを叶えてくれる夢だと喜んでいた。でも・足飛びにキスしたいとか、触られたいとかって妄想するのは、ヤバイだろう。

それってつまり、自分が彼に抱かれたいって欲望があるってことになってしまう。

「違うって」

思わず声に出してしまい、周囲を見回す。

聞いていた人間はいないようで、ほっとしたが、気まずくなってその場を離れる。

まだ混乱してるんだ。彼の声が、指が、唇が、あまりにリアルな夢だったから、翻弄されてるだけだ。

あの感覚が薄れれば、きっと何でもないと思えるはずだ。

多分、きっと…。

でもそれって何時？

今日中は無理？　明日になったら？　もっともっと時間が経ってから？

「お礼…、元気になったんならすぐ行った方がいいよな」

悩んでる俺の目の前に、ふっと絆創膏《ばんそうこう》が差し出された。

「何？」

見上げると、猿渡がにやにやとしている。

「首、隠せよ。キスマーク残ってるぞ」

「こ、これってキスマークに見える？　やっぱり？」

慌てて訊くと、俺の勢いに押されて彼は驚いていた。

「違うのか？　虫？」

「わかんない。朝起きたらついてて…、俺もキスマークみたいだって思ったけれど、昨日は寝てただけだし、俺、キスマークってちゃんと見たことなくて…」

「自分で自分の腕でも吸ってみろよ。キスマークじゃないんならそれでもいいけど、結構はっきりわかるから、隠しといた方がいいとは思うぜ。客商売だから」

「うん」

絆創膏を受け取る。

「ちょっとトイレで貼《は》ってくる」

「ダニじゃないの？」

「そんなものいるわけないだろ」

俺の部屋はそんなに汚くない、とムッとしたが、いっそその方がいいのかもと思った。

こうして悶々《もんもん》としているよりは…。


結局、日中俺はあの夢に翻弄《ほんろう》されていた。

でもそれはそれ、だ。

後ろめたさを感じていても、人として世話を焼いてくれた人にちゃんとお礼はしなくては、と思い、俺は店でタオルを一枚買うと、帰りに羽川さんのところへ顔を出すことを決めた。

やましいのは俺だけ。

夢を見たのも俺だけ。

あの妄想が彼に知られているわけではないのだから、大丈夫だ。むしろ、本人に会ったら、やっぱりあんなことする人じゃない、と忘れられるかもしれない。

彼は美しい女性を相手にしてるのだから、俺なんかにキスする必要もないだろう。

まあ、自分だって、舞亜ほど派手じゃなくても悪い顔はしてないと思う。目は二重だし、爽《さわ》やか系の顔だし。

…って、彼のお相手と自分を比べてどうする。

こういうとこがオカシイんだよ。

俺は彼の部屋の前でタメ息をつくと、インターフォンのボタンを押した。

『はい』

「あの…、隣の佐久良です。昨日のお礼に」

『ああ、今開ける』

インターフォンから聞こえる声の調子はいつもの様子だった。特に変わった様子なんかない。

やっぱりあれは…、と思った時にドアが開く。

「やあ、いらっしゃい」

白い胸元を開けたシャツと黒のスキニーなパンツに身を包んだ羽川さんに、にこっ、と微笑まれて胸が鳴る。

…だから、これがいけないんだって。

「入りなさい」

「あの、昨日のお礼に」

「入りなさい」

「……はい」

命令されるように言われ、俺は中へ入った。

考えてみると、彼が俺の部屋を訪れることはあっても、俺が彼の部屋へ上がるのは初めてかもしれない。

「中へどうぞ」

中は俺と同じ間取りのはずなのだが、彼の部屋はちゃんとした統一性のあるインテリアで、もっと高級な感じだった。

俺の部屋は、家主の人が置いてった家具と、自分で買った安っぽい家具が混在する統一性のない部屋なのだ。

でもここは、空間をゆったりと使っていて、ホテルみたいだ。

ベッドみたいに大きな黒いレザーのソファ、白い大理石のテーブル、ヨーロッパ調のシックなサイドボード。

照明が仄暗《ほのぐら》いところもホテルのようだ。

でも何だろう。何かが足りない気が…。

「飲み物、いる？」

「あ、いいえ。すぐに戻りますから」

「そう」

ソファに座るように勧められ、腰を下ろすと、『足りない物』に気が付いた。この部屋にはテレビがないのだ。普通リビングにドンと置かれているはずのものが。

「昨日はありがとうございました。サンドイッチとドリンク剤、ありがたくいただかせてもらいました」

柔らかなソファがすっぽりと俺を包み込む。

「そう。風邪が治った後に何を差し入れたらいいかわからなくて、店員に聞いたんだよ。間違ってなくてよかった」

言いながら、彼は俺の隣に腰を下ろした。

…近い。

いや、近いどころか、羽川さんはその腕を俺の肩へ回した。

違う。それは俺の勝手な解釈だ。彼はただ深く腰掛けて、背もたれに手をかけてるだけだ。それが俺の方まで伸びてるから、肩を抱かれてるみたいに感じてるだけだ。

「これ、つまらないものですけど、お礼に」

緊張しながら、俺はきちんと包装したタオルを差し出した。

「そんなこと気にしなくてもいいのに」

「とんでもない」

羽川さんは、じっと俺の顔を見つめていた。

この近さで見つめられるから背中に変な汗が出てきてしまう。

「蓮は、睫毛が長いな」

「そ…、そうですか?」

「ああ。よく見ると可愛い顔をしてる。目も大きくて、ウサギみたいだな」

「そんな、羽川さんの方がうっとりするぐらい美しくて…」

褒められて、テンパッてしまい、俺はつい本音を口にした。

「私にうっとりしてくれるのかい?」

「それは…、はい。男の俺から見ても、綺麗な顔立ちだな、と」

これぐらいは別に口にしてもいいだろう。同性だって、容姿を褒め合うぐらいはするものだ。

でもやっぱり気まずくて、俺は話題を変えた。

「羽川さんって思ったより力持ちですよね。昨日俺をベッドまで運んでくださったんでしょう？」

いや、この話題もまずいか。

「ああ。覚えてるのか？　抱き上げられたこと」

「だ…、抱き上げた？」

「そう。お姫様抱っこして運んだんだけど、覚えてないのか」

お姫様抱っこ。

ああ、どうして覚えてないんだ、俺。二度とできない体験だったろうに。

「はい」

いや、覚えてたらもっとパニックだったか。

「残念だな。ちゃんと覚えてたら話が早いのに」

だが、そんなことよりももっと大きなパニックが、彼から与えられた。

「話？」

彼はにやりと笑った。

「ああ。君とお付き合いしたい、と思ってね」

「もう付き合ってるんじゃ…。えっと、お友達ってことですか？」

「違うよ。私とデートしたりキスしたりしないかって意味だ」

「…は？」

何か、聞き間違えたかな。

デート？　キス？　それって…。

「つまり一般的には男女の間で行うようなお付き合いをしないか、と訊いてるんだ」

「だ、だ、だって、俺は男ですよ？」

「知ってるよ。私も男はそんなに好きじゃないと思ってたんだけどね。どうやら蓮は特別らしい」

そのセリフ…。

『男は好きじゃないんだが、仕方ないな』

『特別だ』

昨日の夢の中で聞いた言葉が頭を過《よぎ》る。

「羽…川…さん。昨夜俺をベッドへ運んでくださったんですよね？」

「ああ」

「それでその…、その後何か…」

「何だ覚えてるのか」

やましさのカケラもない表情。

「いえ、あんまりよく…。何か夢を見てたみたいな…」

「ちょっとだけ君にキスした。君もその気になってくれたみたいだったね」

顔から火が出る、という感覚を俺は初めて味わった。

羽川さんに嬉しそうに微笑まれて、全身が熱くなる。まるで発熱機のスイッチを入れたみたいにカーッと燃え上がる。

「…凄いね、真っ赤だ」

目に見える自分の手も赤くなっていた。きっと顔もなのだろう。

「あ…、あれは夢じゃ…」

「夢？　どんな夢？」

訊かれても、俺の口から言えるわけがない。

「言ってくれないと正しいかどうかわからないよ？」

「俺のことを、貴重な料理人だって…」

「言ったな」

「特別とか……」

「言った」

「女の子みたいだって……」

「女の子みたいに可愛いって言ったんだ。今までも可愛いとは思ってたけど、熱にうかされて身悶えてる姿は女の子みたいな色っぽさがあるな、と思って」

それじゃその先は……。

「他には？　私に触られて勃起したのは覚えてるか？」

「ギャーッ！」

恥ずかしさに、俺はあらぬ悲鳴を上げて立ち上がった。

「蓮」

だが彼に手を取られて、無理やり座り直される。

「落ち着きなさい」

「落ち着くって、だって……！」

「ふむ……。男同士なのに勃起を見られるのが恥ずかしいのか。初々しくていいね。そういう純情なところが美味しいのかな」

何だか情けなくて、涙が出そうだ。男が男に純情とか言われるなんて。自分の経験の無

さを露呈してるようなものじゃないか。

「気にしなくていい。別に性器まで見たわけじゃない。…それとも、見たのが私だから恥ずかしいのか？」

「羽川さん、もうその辺で勘弁してください」

「ごめん、ごめん。じゃ、この話はここまでにしよう」

本当に涙が出てきた。

あれは、全て現実だったのか。リアルだと思っていた感触は、この身体に感じたものだったのか。

彼が寝てる俺を弄んだという事実より、それで反応していた自分が恥ずかしくて、いたたまれない。

「それで、返事は？」

「…返事？」

「私は今、君に付き合ってくれと言ったんだが、その返事だ。ああ、男だってことはわかってて言ってるよ」

逃げ道を塞《ふさ》ぐように、彼が俺に身体を寄せてくる。

どうする？

何と答えるべきなんだ？

確かに、俺は羽川さんが好きだ。

彼と親しくなりたいと思ってた。特別になれたら嬉しいとも思ってた。あんな夢…、じゃない、現実彼に触れられて感じてもしまった。

でも俺は男で、彼も男で、彼の周囲にはたくさんの美女がいて…。

「ぼちぼちで良ければ…」

でも、断ることはできなかった。

断れるわけがなかった。

「ぼちぼち？」

「友達からって言うか、中学生並っていうか…。男の人と付き合うのは初めてなので」

「友達以上になりたいから付き合うんじゃないのか？」

「でも、俺…、彼女がいますし」

戸惑いを隠すため、嘘をつく。

「ああ、そうだったね」

「だから友達から、ということで」

「律儀だな。だが君らしい。子供並にっていうことは、許されるのはまだここまでってことかな？」

立ち上がった俺を引き留めるために掴《つか》んだ手が、まだ俺を捕らえたままだった。

その手を引っ張られて、身体が彼の方へ傾いたかと思ったら、目の前に羽川さんの顔があった。

近い、と思った瞬間しっとりとしたものが唇に軽く押し付けられた。

キス、された。

キス、された。

羽川さんにキスされてしまった。

今度はしっかりと意識がある時に、彼の唇を感じてしまった。

「うん、やっぱり君は美味しいな」

間近で微笑まれて、頭が真っ白になった。

何これ。

俺はまた夢を見てるのか？

羽川さんが俺に抵抗なくキスするなんて。

『また夢を』じゃないのだ、事ここに至ってやっと俺は理解した。

あれは現実だったのだ、そしてこれもまた現実なのだ。

「本当はもっと先までしたいが、君が男同士という抵抗感がなくなるまでは我慢しよう」

男同士、じゃないんです。俺はこういうこと自体に慣れてないんです。

「恋愛関係を深めるためには、どうすればいいのかな？　やはりデートか？」

「…多分」

「明日予定は？」

「…仕事です」

「ああ、蓮は働いてたんだったな。じゃあ明日の夜は？　仕事が終わったら一緒に食事をしよう。できれば君が作ってくれると嬉しいんだが」

「作ります」

「そうか、じゃあ私はワインでも用意しておくよ」

現実だ、と理解しても現実味が全くない。

だってそうだろう？

高級ホテルみたいな部屋で、モデルみたいにいい男が、同じ男で、しかも童貞の俺と恋人のように付き合いたいと言ってキスするなんて。

現実だなんて思えるわけがない。

「今夜、今からでもいいいんだが？」

「いえ、あの…。まだ病み上がりなんで、今日は少し休ませていただけると嬉しいです」

「もう健康だとは思うが、ここでしつこくして嫌われても困るからな。今日のところは逃がしてあげよう」

「ありがとうございます」

御礼を言うところか、ここは。

「美味しいものは時間をかけて食べる、というのもアリだからな」

美味しいものって、俺だよな。

俺はこの人に食べられるんだ。

「じゃあ、今日はこれで…」

「うん。玄関まで送るよ」

頭が、クラクラする。

考えがまとまらない。

俺はここで何をすればいいのか、何と言えばいいのか。

「さっきのオミヤゲ、何？」

「あ、タオルです」

「そう。じゃ、ちょっと待って」

空っぽの頭で靴を履いてる俺のところへ、彼があの包みを持って戻ってくる。

「タオル、いらなかったですか？」

「違うよ。せっかくだから君が使ってから渡してくれ」

何かもう…。

ますます思考が停止します。

「君に会えない時に、蓮を思い出せるように」

これが正しい行為なのか何なのか、考えることも拒否してしまう。

フェティシズム、という言葉だけが頭を過り、フェチは社会的に認められてるからセーフと、電光掲示板みたいに文字が流れていった。

「…はい」

でもきっとこれってアウトだと思う。

それでも、俺はこの人に逆らえなかった。

キスされて、嬉しかったから。

逃げようもなく、恋を自覚してしまったから。

「じゃ、明日」

根本に立ち返ろう。

恋って何だ？

人が人を好きになるってことだ。

人を好きになるっていうのはどういうことだ？

一緒にいたい、と思うことだろう。

小さな子供でも、幼稚園の同じ組のだれだれちゃんが好きだから将来結婚するの、ぐらい言う。結婚したらいつも一緒に遊べる、と思って。

結婚とは恋の果て、ある意味恋の完全体だ。

なのでその考え方は正しいとは思うが、大人になるとただ『一緒』にいるだけでは満足できなくなる。

好きな人と手を握りたいとか、キスしたいとか、触れたいとか、セックスしたいとか、欲望がまじってくる。

俺が羽川さんに恋をしているのなら、彼にキスされて嬉しいと思うのは当然で、彼に欲情してしまうのも正しいことだ。

ただ、同性だ、ということが正しいのかどうかわからないが。

人は言う。

自分の伴侶を選ぶのは、優秀な遺伝子を残すためだと。

けれどまた別の人は言う。

本能と恋愛は違う。遺伝子を残すためだけなら恋は必要ない、と。女性でも男性でも、身体的に子供を作ることができない人だっているが、その人達だって恋をする。

恋愛は、相手が誰であっても『できる』ものだし『落ちる』ものなのだと。

俺と羽川さんの間に子供はできない。

そんなのわかっているのに、俺は彼が好きなのだ。

これが恋なのだ。

つまり、恋とは…、常識で考えても答えの出ないものなのだ。

俺と羽川さんが男同士なのはわかってる。

彼にたくさんのお相手の女性がいるのもわかってる。

自分達の恋愛の先に、結婚も出産もないこともわかってるし、俺は自分が女になりたいわけではないこともわかってる。

全部、全部、わかっているのに、翌日俺は羽川さんの部屋へ行ってしまった。

インターフォンを鳴らし、罠《わな》に飛び込むような気分で彼の部屋の中へ。

「ハンバーグが食べたいって言ってたので、今日はそれにします」

と言ってキッチンを借りる。

羽川さんは、俺が料理をするの、隣でじっと見ていた。

タマネギをみじん切りにし、レンジでカソカソにした食パンをおろし金でおろしてパン粉にして、それをひき肉の中に入れる。

手で混ぜてねばりが出たところで、塩コショウとナツメグ粉末を入れる。

「特別なことをしてるわけじゃないんだな」

「ナツメグは家庭ではあまり入れる人はいないかもしれないですけど、まあ普通ですね」

作業をしてるから、彼は距離をとってくれていた。

でも視線が纏わり付くように感じてしまう。嫌だ、という意味じゃない。まるで視姦《しかん》されてるみたい、と言ったら言い過ぎだろうか。

とにかく、彼の視線を意識し、変な気分になってしまう。

形を作って、空気を抜いて、一旦皿に置いて寝かせてる間にバターと砂糖でニンジンのグラッセを作る。

ホウレン草を軽く湯がいておいてから、ハンバーグを焼いて、同じフライパンでそのホウレン草を炒め、皿に盛り付ける。

その皿も、高級品だった。

「お料理、興味があるんですか？」

「いや、食べること自体、そんなに好きじゃない」

そんなこと、以前も言っていたっけ。

「なのに君が作るものだけは美味いと思うから、どうしてかと思ってね。でも、わからないな」

「手料理がお好きなんじゃないですか？」

「手料理？」

「コンビニのお弁当、好きじゃないって言ってたでしょう？　大量生産や機械で作るものが嫌いなのかなって」

「ああ、それはあるな。食べ物に作った人の『気配』は感じる。なるほど、私が蓮を好きだから、蓮が作ったものが美味しいのか」

いや、そんなつもりで言ったわけじゃ……。

出来た料理をテーブルへ運ぶ。

「西洋には食事はセックスと同じ、という考えがあるのを知ってるか？」

「いいえ」

「あるんだよ。だから、イギリスなんかでは、女王の食事風景をカメラで撮ってはいけないことになってる」

「へぇ…」

「だからこうして二人で食事をするのは、セックスの代わりだな」

笑うべき…、なのかな、ここは。

でも俺には笑えないし、却って彼といることを意識してしまう。

「指にソースが付いてる」

「え？」

「右手、貸してごらん」

言われるまま手を差し出すと、彼は俺の薬指に付いていたソースを舐め取るように咥《くわ》えた。

舌が、指を舐《ねぶ》る。

軟らかくぐるりと巻き付いた感触に、鳥肌が立った。

「美味しいな」

「ソースは市販品にちょっと手を加えただけですけど…」

「蓮の指が美味いんだろう」

「それは…、どうも…」

この人の反応に、どう応えればいいいんだろう。

経験値の高い人っていうのは、みんなこんなふうなんだろうか？　俺なんて、手を握られるだけでもドキドキするのに、さりげなく指まで舐めるなんて、高等テク過ぎる。

「彼女、確か旅行で留守にしてるんだよね？」

彼女？

ああ、舞亜のことか。

「週末はずっと海外ですから」

「彼女に、私とのことを言うかい？」

「言いませんよ」

って言うか、何を言えばいいんだか。

「秘密にするんだね？　では私も注意しておこう」

何を注意するんだ…。

「彼女とは別れない？」

「そんなことできません」

「そうか…、残念だな。私は他人と恋人を共有するのは好きじゃないんだが」

「こ…、恋人ですか？　もう？」

慌てると、彼は笑った。

「そうだった。まだ、だったね。では私が君の恋人になれたら、別れることを考えてもらおう」

恋人…。俺と羽川さんか。

「二股はしませんから、羽川さんと恋人になりたいと思ったら別れます」

「よろしい」

「あの…、訊いてもいいですか？」

「何だい？」

「俺のどこがよくて、付き合おうなんて言ったんですか？　自分で言うのも何ですけど、俺なんか羽川さんの周囲にいる人達と比べると、何の変哲もない人間なのに」

しかも男だし。

「そうだな…」

彼はじっと俺を見た。

「君の作る料理が美味いから、かな」

「それだけですか？」

「それだけと言うが、私にとっては大きな理由だ。この私が人の作った料理を美味しいと感じるなんて、めったにないことだからね」

「でもそれなら付き合わなくても、料理を作るだけでいいんじゃ…」

「それと、君が私に言い寄ってこないから、というのもあるかな」

「男ですから、言い寄ることはないでしょう」

「そんなことはないさ。男にだって時々言い寄られる。あまり好ましくないが」

嫌そうな顔をするので、彼がバイというわけではないのかな、と思った。

いや、俺を相手にした時点でバイセクシャルか。

「はっきり言ってしまうとね、君と、セックスがしたいんだ。だが蓮は誰とでも寝る人間ではないようだから、恋人になろうというわけだ。君は美味しい。それを存分に味わいたいと思ってるんだ」

その言葉に、俺は夢から覚めたような気がした。

俺の気持ちなんかどうでもいいってことじゃないか。

何だか、ストン、と気持ちが落ちて理解した。彼がどうして俺なんかに付き合おうと言い出したのか。

彼にとって、恋愛は俺と同じものじゃないのだ。

誰でも相手にする中で、たまたま料理というきっかけで俺に興味を持って、そういうことがしたいから俺が喜びそうな言葉で誘ってるだけなのだ。

「それじゃあお付き合いできません」

やっと、頭が冷えた。

「蓮？」

どうして、という顔で彼はこちらを見る。

「君だって、私が好きだろう？　ちゃんと反応したし」

ほら、こういうことを言ってしまうところが『恋』じゃない。

「それは、あんなふうに触られれば誰だって…。俺は、付き合う相手とはちゃんと恋愛したいんです。恋愛した後にそういう関係になるのは当然ですが、先に身体が欲しいから、言い訳みたいに恋愛しようなんて受け入れられません」

「私を魅力的だと思ってるんじゃないのか？」

「それは…、正直思ってます」

付き合おうと言われた時に頷いてしまったのだから、もうそこは否定しない。

「それなら…」

「俺は！　…俺は羽川さんが好きです。とても好きです。付き合ってくれと言われて、舞い上がったくらい好きです。でも、それはあなたが俺を見てる目とは違う」

「違う？」

「あなたは、俺を狩りの獲物みたいにしか見てない」

気分を害したのか、羽川さんの顔から笑みが消え、スッと冷たい視線になる。

「もしこのままあなたの言う恋人になっても、あなたは俺を好きにはならない。キスしたりセックスしたりするかもしれないけど、『俺を好き』にはならない。だったら、そんなの辛いから、俺はあなたとは付き合えません」

「私に食われるのが嫌だ、と？」

声のトーンも低くなる。

ああ、怒らせちゃったな、完全に。

「あなたが俺を好きで『食いたい』と言うなら、別に構いません。でも、『食いたい』から好きと言ってあげるなら嫌です」

「どこが違うんだ？」

「それがわからないから、嫌なんです」

彼に自分を差し出した後、片想いだと思い知らされる方が、今ここで付き合うのはナシだと言われるより辛いことはわかっていた。

好きの度合いが高まってから、可能性がないのだと知る方が絶対に苦しい。

「ではもう私とは会わない、と？」

そこで『はい』と言う勇気はないんだよな。この人が好きだから。

「いいえ。それは食事とか、俺が作らないと食べないみたいだし、お隣りだし…。羽川さんさえよければ今まで通りに…」

勢いをなくし、俯《うつむ》いた俺の頭を彼が撫でた。

「わかった。では私はもう一度考えてみよう。蓮の言う恋愛が私にできるかどうかを」

「怒ってるんじゃないんですか？」

「君が自分を狩りの獲物だなんて言うから、ムッとしただけさ。だが、確かに、『食べたい』が先に立つならそう考えるのも頷けるから怒らないよ」

よかった。

もう二度とくるな、と言われるのを覚悟したのに。

「だが今ので君を好きになる理由はもう一つ増えたな」

「何です？」

「君が私を拒んだ。私を好きなのに。それは君が私を好きだということを信じさせるに値する。誘惑されたのではなく、気持ちで好きだと言ってくれてるのだと」

言ってる意味がわからないけど、簡単に流されないからってことだろうか？

「だから、私も蓮を餌《えさ》として見るのではなく、個人として見ることにしてみる」

彼の顔に笑顔が戻る。

それは、今まで見せていた顔とは少し違っていて、胸が、ドキドキではなくキュウッと締め付けられるような気がした。

「俺も…、ごめんなさい」

「何を謝るんだ？」

「羽川さんがカッコイイから好きだと思ってるだけかもしれないから。俺の方だって、あなたのことをちゃんと知ろうとしてなかった。もしよかったら、もっとあなたのことを教えてください」

そうだ。

人のことは言えない。

自分だって、彼の見た目が好きなだけかもしれない。

「私のことねぇ。まあそのうちわかればいいだろう。教え合うのは無粋だろう？」

俺は、恋愛がヘタだなあ。

今まで、恋愛と本当に向き合ったことがなかったのかもしれない。

でも彼が本気でなければ嫌だと言えたのだもの、この人とはちゃんと向き合うことができるかもしれない。

羽川さんが、上手く俺をごまかしたりしないで、考えると言ってくれたみたいに。俺も考えなくちゃ。

「でもキスぐらいならいいだろう？　食べるうちには入らないし、挨拶みたいなものだから」

この歳でキスも嫌、とは言えないか。彼女がいる、という前提なのだし。

「まあキスぐらいなら…」

それに、かっこいいことを言っても、彼にキスされるのは嬉しかった。

「では」

羽川さんは、昨日と同じように、唇を重ねるだけの軽いキスをした。挨拶みたいな。

「ハンバーグ味だな」

それでもやっぱり俺にとっては挨拶なんかじゃないから、身体の芯が痺れるような快感が与えられた。

俺の方が即物的だ、と反省させられるような快感が。

一人でくるくる回った結果。

結局もとの通りになってしまった。

俺が彼に料理を作って、一緒に食べる。すれ違えば挨拶を交わす。

ただそれまでと少し違うのは、俺が彼の部屋へ訪れるようになったことと、会う回数が増えたこと、そして時々羽川さんが俺にキスするようになったこと、だ。

特に最後の変化は大きかった。

羽川さんのキスは優しい。

でも俺は彼がもっと激しくキスすることを知っている。

あの風邪で倒れた夜のことが夢でないのなら、あの時のキスが彼の本気だろう。

軽く口づけされる度、あれをまたして欲しいという欲望が生まれる。

俺が、キスして欲しいと思うなんて、大きな変化以外の何ものでもない。

彼の外見だけが好きなのかもしれない、と反省したけれど、今度は彼のキスに負けてる気がする。

外見、だけじゃないんだよな。

見た目がいいだけなら、『ああ綺麗』で終わってたはずだ。

それなのに彼に恋をしてるのかも、と思ったのは、彼が素直な人だったからかも。

自分が作ったインスタントラーメンを食べて、美味しいと言ってくれた時の顔が忘れられない。

いや、その前に、雨の中で座り込んでいた姿が気になった。

それまで見かけても、カッコイイ、綺麗、ハンサムとしか思ってなかったのに、あの時は捨てられてるみたいでつい声をかけてしまったのだ。

彼が俺の作る料理だけが好きとか、興味あるからセックスしたいとか、そういうのが本当に悪いことなんだろうか？

そのまま『一回寝よう』と言えば済むことを、ちゃんと『付き合おう』と言ってくれたのは、彼の優しさなんじゃないだろうか？

その優しさが好意ではないだろうか？

都合よく考え過ぎだろうか？

久々に舞亜が部屋を訪れた時、俺は上手くごまかしながらそのことを訊いてみた。

「男がさ、そういうことしたいから、恋人にならないって言ったらどうする？」

さすがに姉に『セックスしたい』とは言えないので、言葉を選ぶ。

でも、舞亜の方がデリカシーがなかった。

「寝たいってこと？」

「ああ、うん。まあ…」

男のが繊細なのかな、俺と舞亜だけが特別なのかな。

彼女は、旅行のお土産だと持ってきたお菓子をバリバリ開けて、自分で食べながらちょっと考えた。

「いんじゃない？」

「いいの？」

意外な返事に聞き返す。

「だって、『一回やらせろ』じゃなくて、恋愛しようって言ってくれてるんでしょう？

だったら、フィーリングより先に性欲を刺激しただけで、恋愛としては成り立つんじゃない？」

コーヒー、と目で催促されて渋々立ち上がる。

「だって、上手くまとまったらすることなんだし、まとまるまで待ってくれるなら誠意があると思うわ」

キッチンに行った俺に聞こえるように、少し声を大きくして彼女は続けた。

「だって、最終目的が先に来るって、何か順番違くない？」

「夢見てるわねぇ。恋愛なんて、そんなに綺麗ごとじゃないわよ」

「夢壊すなよ……」

「だってそうでしょう？　大恋愛して結婚したって、離婚する人はするじゃない。その理由の中に性の不一致っていうのもあるのよ」

「性格の、だろ」

「性の、よ。別にそういうことを推奨してるわけじゃないけど、先に身体の相性を確かめてから結婚するのだってアリだと思うわ。ただ、自分がしたくないと思うなら、しなくてもいいけど。いきなりそんな話するなんて、Hしたい彼女でもできた？」

コーヒーを淹れて戻ってくると、舞亜はチョコチップクッキーを咥えたままにやにやしていた。

外では絶対にそんな真似しないだろうに。女性のこの二面性が、俺を恋愛に臆病《おくびょう》にさせるんだよな。

目の前でどんなに清純に振る舞ってても、もしかしたらこの娘《こ》も家に帰ったら、下着姿で菓子をバリバリやるのかなって。

その点、羽川さんは多少変わってはいるけど、それだけに裏がない。

「友人の話。ちょっとそういうこと言うヤツがいて、女の子的にはどうなのかなって」

「なんだ、またお友達なの。あなたも早く自分の恋愛で悩むようになりなさいよ」

今正に悩んでいるのだが、それは絶対に言わない。

「Hすることにこだわるのは大切だと思うわ。だって、結婚なんて自分の身体を一生相手に差し出すことだもの。でも男って性欲が優先する時があるのよね」

「…ぶっちゃけますね」

「真面目に相談されてる、と思うからね」

二面性があって、図々しくて、俺様なのに、やっぱり舞亜は俺の憧れの姉さんだ、とこういう時に思う。

「それでケダモノ並に女の子の意思を無視して襲いかかるようだったら、あんたその子と友達やめなさい。でも、そういう『欲』があるのに、恋愛しようって手順を踏もうとしてるなら、ちょっと順序が逆かもしれないけど、応援してあげなさい」

「そうだよね…。強姦《ごうかん》することだってできるんだよね」

考えてみれば、俺が風邪で倒れてた時なんて、羽川さんにとっては絶好のチャンスだったわけだ。

俺は抵抗なんかできる状態じゃなかったし、反応もしてたんだから。

でも彼は何もしないで帰って行った。サンドイッチとドリンク剤を置いて。

身体が欲しいと思っても、ちゃんと恋愛しようって言ってくれたし、キスする時もちゃんと断ってからだった。

今だって、俺の言葉をちゃんと聞いて、最初から考えてみると言ってくれてる。

思い返すと、本当に彼は裏表がない。

「別のヤツの話なんだけどさ。料理が上手いから付き合おうっていうのはどう思う？」

「いいじゃない。男は胃袋でゲットすると離れていかないから、お友達の相手の女の子は成功したわね」

「料理番みたいだと思わない？」

舞亜は俺の疑問を鼻先で笑った。

「あんた、お母さんを料理番だと思う？」

「まさか」

「でしょう？　料理っていうのはね、ただ食べればいいってものじゃないの。美味しいものが食べたいだけなら、お金払って食べる方が楽なんだから。なのにその相手の娘の料理が食べたいっていうのは、料理以外にその娘から受け取るものがあるからよ」

「愛情……？」

「蓮がお母さんの作るご飯にそれを感じてるなら、そうでしょうね」

感じてるさ。

イモムシみたいに何にもできない赤ん坊の頃から、家を出るまで、母さんはちゃんとご飯を作ってくれた。

栄養を考えたり、好き嫌いをなくすようにしたり。面と向かって『ありがとう』なんて言ってないけど、それには感謝している。

お店の料理とは全然違う感想だ。

「そうか…。食べ物ってだけじゃないんだ…」

もしかしたら、彼の『食べたい』って言葉の中にも、愛情はあったのかもしれない。

「俺、本当に恋愛に疎いなぁ」

舞亜は片手にクッキーを持ったまま、俺をぎゅっと抱き締めた。

香水の匂いとクッキーの甘い匂いが鼻を掠める。

「蓮のそういうとこ、可愛くて好きよ。本当、あんたってピュアなんだから。ずっとそのままでいてね」

「すぐ抱き着くなよ。香水の匂いがつくだろ」

「何よ、いいじゃない。気にしてくれる相手もいないんだから」

痛いところを。

「男友達にからかわれるだろ」

「自慢になるでしょ。すっごくいい女と付き合ってるって言えるわよ」

「別にいいよ、そんなこと自慢できなくても」

「つまんない子ねぇ。まあいいわ。味見も終わったし、今日はこれで帰る」

「泊まってくんじゃないの？」

彼女は食い散らかした菓子をそのままに、立ち上がった。

「本命にあげるお菓子を試食したかっただけよ。で、今夜はその本命とデート」

「嘘！」

「何が嘘、よ」

「決まった人、作るの？」

遊びまくる、と言ってたのに？

「まだわかんないわ。もうちょっと付き合ってからね」

「どんな人？」

「サラリーマン」

その答えも意外だった。

派手好きの彼女のことだから、社長とか、芸能人とか言うかと思っていたのに。というか、そういう人とも付き合える女なのに。

「地味だけど誠実でいい人よ。嘘をつかないの。だから不味いものお土産にすると不味いって言われそうだから、味見」

「…正直な人か」

また羽川さんの顔が頭に浮かぶ。

「正直な人って、いいよね」

姉と弟で、人を好きになる理由が一緒になるんだろうか?

「残りは食べていいわよ。その青い缶のが一番美味しかったわ」

舞亜は口紅を引き直してから、本命用のであろう紙袋を手に玄関先へ向かった。

カギをかけるために見送ろうと自分も立ち上がった時、ポケットのケータイが鳴った。

取り出すと、相手は羽川さんだ。

「もしもし、佐久良です」

彼女？　とばかりに舞亜が興味津々の目で振り返る。

『食事しに行ってもいいかい？』

俺も口で、男、と答える。

「いいですよ」

すると何を思ったのか、舞亜はバッグの中からアトマイザーを出して俺に吹きかけた。

「舞亜！」

強い匂いに、思わず声に出して叱《しか》りつける。

「彼女が来てたって自慢しときなさいよ。じゃあね」

さっき『いい姉だ』と思ったのを撤回したくなる。こういうところがいじめっ子なんだから。

『蓮？』

「あ、すみません。今ちょっと…」

『彼女が来てるの？』

「今帰りました。大丈夫です」

『そう。なら今から行くよ』

「はい、待ってます」

電話を切ると、俺はキッチンの換気扇を回した。

玄関先が甘ったるい匂いで充満してしまっている。全く…、こんなの移り香でも何でもないじゃないか。

これから料理を作ろうっていうのに。

ほどなくインターフォンが鳴ったが、相手は羽川さんだとわかっているから、応対せずに玄関のドアを開ける。

「やあ」

と笑って言った彼の顔がすぐに歪《ゆが》んだ。

「すみません、匂いますよね」

「香水だね。…嫌な匂いだ」

「ちょっとイタズラされて…。どうぞ入ってください。今換気してますから」

けれど彼は入って来なかった。

ドアを開けたまま、動かない。

「少し散歩しようか」

「え?」

「この匂いが消えるまで」

やっぱり、嫌だよな。香水の匂いのする中での食事なんて。

「そうですね。出ましょう。上着取ってきます」

「もういらないよ。夜でも少し汗ばむぐらいだ。でもシャツは着替えてきた方がいいな」

「そんなに匂います？」

「ああ」

本当にもう…。

「すぐに着替えてきます」

俺は奥へ引っ込むと、着ていたシャツを脱ぎ捨てて、新しいTシャツに袖《そで》を通した。

それでもまだ香水の匂いがする。きっと髪に染み付いたのだろう。

「お待たせしました」

財布とカギをズボンのポケットに入れて靴を履くと、彼は黙って先に歩きだした。

香水の匂いを漂わせているような女性を相手にしているのに、この匂いは嫌いなんだろうか？

慌てて追いかけて、隣に立っても、彼は振り向いてくれなかった。

「どこに行きます？　駅前のカフェ？」

「公園に行こう」

「公園？　あの裏手の？」

マンションの裏手を少し行ったところに、大きな公園はあった。でも、夜に行くには薄暗くて向かない場所だと思うのだけれど…。

異論を唱える前に、彼がどんどん進んでしまうから、付いてゆくしかない。

まあ、羽川さんと夜の公園は似合ってなくもないし、いいか。

この人は、本当に夜が似合う。

しかも、ネオン瞬くような明るい夜ではなく、街灯の光が一つある程度の暗い夜が。

黒い川のようなアスファルトの上を、両手をズボンのポケットに突っ込んだまま、肩で泳ぐように歩く姿は本当に綺麗だ。

彼の背中を見ながら歩いてゆけることが幸せだと思うくらいに。

ほどなく着いた大きな桜の樹が植わっている公園は、その樹のせいで道路の街灯の光が届かず、薄暗かった。

子供の遊び場というより、遊歩道がメインの場所には人影もない。

ひっそりとした闇を、園内に点在する明かりだけが照らす。

「羽川さん、どこまで行くんですか?」

ずんずんと歩いてゆく彼の足が止まりそうもないと思った俺は、声をかけてみた。目的地があるのなら教えて欲しいと思って。

だが彼は俺の声にハッとしたように足を止めて振り向くと、ポケットから手を出して頭を掻いた。

「そうだな、どこへ行くつもりだったんだろう」

近くの木の幹によりかかって、空を見上げる。

「おかしいな…」

「どうしたんですか？　考え事でもしてたんですか？」

やっと止まってくれたので近づくと、彼は俺を抱き寄せ、すぐに離した。

「羽川さん…？」

「キスしたい」

「…え？　ここで？」

「今すぐ蓮にキスしたい」

「なんで突然…」

からかってる口調ではないから、嫌ですと突っぱねられない。

何かあったんだろうか？　嫌なことがあったとか？

「あの女の匂いを嗅いだら、どうしてだか無性にイライラした。君からあの女の匂いがするかと思うと、今すぐ水の中に突っ込んで洗ってやりたいくらいだ。だがそれができないから、キスしたい」

それって…。

どうしよう。

キスされた時より、胸が騒ぐ。

「してもいいか？」

順番が逆でも気持ちがあるから、相手の意思を尊重するのだと言っていた舞亜の言葉が頭を過った。

彼のこの態度は、まるで舞亜に嫉妬してるみたいだと思うと、嬉しくなった。

羽川さんは、言葉が足りないだけかもしれない。

彼は、俺を本当に好きなのかもしれない。

「いい…、ですよ」

答えるが早いか、彼は俺をもう一度抱き寄せた。

今度はすぐに離すようなこともなく、強く、逃がさないというように。

キスも、挨拶みたいな軽いものではなかった。

「ん…」

恋人にするような、あの夜のような、深い接吻《くちづ》けだ。

上背のある彼が掴みかかるようにして俺を求めてくる。

舌が絡まり、力が抜ける。

街灯の光を反射して、彼の目が妖しく光っていた。

俺は彼の薄いシャツに必死でしがみついた。そうしなければ立っていられなくなってしまったので。

「どうしよう…」

だから唇が離れた時そう言ったのは、俺ではない。

俺はもう、口も効くことができなかった。

「君が好きだ、蓮」

なのでその言葉を聞いた時、また夢を見ているような気がした。

「あの女に渡したくないくらいに」

彼の声がとても真剣で、信じられなかったから…。

「誰かに、こんなに独占欲が湧いたことはなかった。しかも蓮に彼女がいるのもわかっていたのに。蓮を他の誰にも渡したくないという気持ちが消えないんだ」

羽川さんの言葉が、頭の中をぐるぐると回る。

「我慢ができない」

キスのせいだ。

「こんながっついた真似はしたくないのに」

繰り返されるキス。

唇から頬に、頬から耳の後ろに、首に、そしてまた唇に。

まだキスに慣れてない自分には、濃厚過ぎて目眩がする。

貧血みたいに目の前が暗くなってくる。

「これが君の言う『好き』だろうか?」

かもしれません。もしそうでなくても、あなたが俺のことで嫉妬してくれてるだけで嬉しいです。

そう言いたかったのに、何ということか、俺はキスだけで意識を失ってしまった。

免疫がないにもほどがある。

再び目を覚ました時には、見たこともない部屋の大きなベッドに横たわっていた。

次から次へと夢の世界を渡り歩いているような気分だ。

ここはどこだろう?

ダークブラウンのヘッドレストが付いた、正方形に近いようなベッドは、大人三人ぐらいが寝られそうなほど大きい。

起き上がって周囲を見ると、まだ暗い窓辺にはモスグリーンのカウチソファ。壁には幾何学デザインのような絵がかかっている。

俺が知ってる範囲で、自宅にこんな絵を飾ってる一般人はいない。やっぱりホテルなんだろうか？

…羽川さんなら、飾るかも。

そう思った時、部屋の片隅にあるドアが開いて、その羽川さんが入ってきた。

「目が覚めたかい？」

「ここは…？」

「私の部屋だ」

やっぱり。

彼のイメージにはぴったりの部屋だ。

「すみません、みっともないとこ見せちゃって…」

恥ずかしいな。

キスだけで倒れるなんて。

「みっともなくなどないよ」

羽川さんはベッドまできて、足元の方へ座った。俺に近づくのを遠慮してるみたいに。

「むしろ、謝るのは私の方だ。強引に襲ったりして悪かった。気分はどう？　まだ目眩がするか？」

「いえ、もう大丈夫です。ここまで運んでくださったんですね。申し訳ないです」

公園からここまで近いとはいえ、人を運ぶには距離がある。玄関からベッドまでとは訳が違う。

「そんなことはどうでもいいよ。それより、返事が欲しいな」

「返事？」

「私が君を独占したいと思うのは、君の言う『好き』なんじゃないか、ということさ。私が君を味わえなくてもいいから、その間他の人間にも触らせないで欲しい。そんなふうに君が『好き』なんだが、それは蓮の望むことじゃないかって」

何故か、羽川さんは戸惑っているような、困っているような顔をしていた。まるで、『こういうのは初めてで』と言ってるみたいに。

人間の目は、都合がいい。

自分がこうであって欲しいと思うように見せてしまう。

わかっていも、『そう見えること』が嬉しい。

「君と話をすることも好きなのだと気が付いた。蓮は私のことを調べたり嗅ぎ回ろうとしたりしない。普通はこうだと押し付けない、普通じゃない私を夢に描いたりもしない。いつもそのまま受け入れてくれている」

返事のタイミングを逃して黙っていると、彼はそのまま語り続けた。

「君が作る料理が特別だというのも、君が美味いというのも事実だから訂正しないが、それ以外にも君を好きになる理由はあるんだ」

「…考えてくれていたんですか？」

「考えると言っただろう？」

ああ。

この人は本当に素直だ。

態度がちょっと変わってるから、変わった人に思える。自分の気持ちに素直だから、身勝手に聞こえることもあるかもしれない。けれど言葉はいつも真実を告げている。

綺麗な人だ。

外見だけじゃなくて、中身も。

自分のように見栄をはったり、他人にどう思われるかを考えたり、そういう俗世に染まっていない透明な人だから、俺はこの人が好きなんだ。

「好きだから、君を味わうことを我慢できなくなる。それでも、まだだめかい？」

「…いいえ」

俺は首を振った。

「嬉しいです。そんなに想われて、本当に嬉しいです」

「それじゃ、君を抱いてもいいか？」

彼は猫のように、上半身を倒して近寄り、俺に顔を寄せた。

「それは…、まだ心の準備が…」

「ああ、そうか。君は女を抱くタイプだったものな」

違います。まだ女性も抱いたことがないので、どっちとも言えないです。でもあなたが好きだと思うから、きっと俺はホモセクシャルなんだと思います。

その真実を告げられないのは、俺があなたほど素直になれないからです。

「明日…。明日なら、明後日仕事が休みですから…」

でもここで完璧に拒んだら、気分を害されるのではないかと、なけなしの勇気を振り絞って言った。

言葉にすれば、自分も逃げ道をなくして覚悟も決まる。

「いいだろう」

彼は、少し失笑《わら》って俺の提案を受け入れてくれた。

「まだあの女の匂いが残ってるし、今日は我慢しよう。だが、もう一度キスしていいか？それとも、私のキスは怖いかい？」

「怖くはないです。ただ、その…、羽川さんはキスが上手いので、また力が抜けてしまうかも…」

他の人と比べられる経験もないけれど、絶対この人のキスは上手いと思う。キスだけで意識を失うなんて、いくら俺がウブでも普通じゃないだろう。

「私のキスが上手いから力が抜ける、か」

からかうような、笑み。

「蓮は可愛いな。あの女も見かけよりはセックスが激しくないのかな？」

「そういう話はいいです」

いくら嘘をついてるとはいえ、姉の性生活を想像させるような言葉は聞きたくない。

「悪かった。君の彼女を侮辱したつもりはないんだ。ただ、奔放な女性に見えるというだけさ。だが確かに、私達の間で他の者の話をする必要はないな。私のキスに酔って失神しても、ここはベッドの上だから大丈夫だ。意識のない時に悪さはしないと約束もしよう」

許可を待っている間にも、彼の顔が近づく。

「…それなら」

「よかった」

覆いかぶさって、キスを迫られる。

「本当にキスだけですよ」

「誓って」

ついこの間まで、キスとは無縁な生活だった。だからこそなのか、羽川さんのキスにハマってしまう。

彼のキスが好き、だなんて思ってしまう。

唇を合わせて、感触を楽しみ、指が頸動脈《けいどうみゃく》当たりに置かれると、陶酔感と高揚感を混ぜたような快感に襲われる。

全身の血管がバラバラに脈打ってるみたいに、身体中で鼓動が聞こえる。

耳鳴りがして、酩酊《めいてい》感と共に意識が揺れる。

彼が俺に対して『食べる』と言う言葉を使うのは正しいのかも。キスされると、そこから力が吸い上げられ、食べられてるみたいな気がする。

舌が唇を割り、中へ入ってくる。

貪られ、身体がベッドの中へ沈み込む。

キスの仕方なんてわからないけど、さすがにもう身体は勝手に反応するようになっていた。彼の舌に舌を絡ませ、自分からも求めてゆく。舌がもつれあうたびに小さく聞こえる音が、いやらしくてその気になってしまう。

これ以上続けていたら、きっと今すぐ『抱いて』と言ってしまっただろう。

終了を知らせるように、俺の腹の虫が鳴いたので、羽川さんは笑いながら唇を離した。

「ここまでにしておこう」

恥ずかしい。こんな状況でもお腹が空くなんて。

「これ以上続けると蓮の腹の虫だけじゃなく、私の我慢が効かなくなりそうだ」

でもその笑顔にほっとしたのも事実だった。

「起きれるようだったら、何か作ってくれるか?」

「簡単なものでよければ」

「いいとも。蓮の手が触れたものは何でも美味しい」

額に最後のキスを受け、ベッドから起こされる。

恋人になったんだなぁ。

この時は、本当にそう実感した。

俺も彼の外見だけじゃなく全てが好きで、たとえ一生童貞のまま魔法使いになってもいいから、彼に自分を捧《ささ》げようと決めたし、彼も欲望だけでなく愛情で自分を求めてくれてるとわかったから。

明日になったら、それをもっと強く感じることができるのだろうと思っていた。

明日になったら、俺は彼のものになり、彼も俺のものだと。

そうしたら、どうせ自分が未経験だとバレてしまうのだから舞亜のことも正直に話してしまおう、と。

今の彼ならきっと喜んでくれるだろう。

他の人に渡したくないと言ってくれた彼なら。

…そう信じて疑っていなかった。

男同士のセックスについての知識を、少しは持っていた。

男も女性並に感じることができるとか、女性器の代わりにどこを使うかとか、それがとても痛いとか、衛生上コンドームを付けた方がいいとか。

それでも、初めてのことだから不安に思ってネットで調べたりもした。

経験者の書き込みや、ヒワイな画像には、見なければよかったと後悔するものが多かったが、必要なものとか感じる場所とかは、まあ参考になった。

それを自分が実践する余裕があるかどうかは別として…。

誰かを求めるほど好きになったのも初めてなら、肌を重ねるのも初めて。

お陰でその日は一日浮足立って、失敗を繰り返してばかりだった。

「体調、また悪くなったのか？」

と猿渡に心配されるほど。

「いや、別に」

「悩みでもあるのか？」

「…えっと…、姉さんに恋人ができるかもって聞かされて、少し驚いちゃって」

自分の恋を暴露するより、シスコンの誹《そし》りを受ける方をとろうと、俺は舞亜を言い訳に使った。

「ああ、家族の恋愛関係って、何か微妙だよな」

だがそれほど酷い言葉は向けられなかった。

猿渡もいいヤツだ。

「お前さ、妙に深刻に考えるところがあるから、気楽にしろよ。それと、他人のことばかり考えてないで、自分のことも頑張れよ？」

「俺はそんなにいいヤツじゃないよ」

「いいヤツだよ。この間だって、女の子が休んでるから、店が大変だろうと思ってすぐに出てきたんだろ？　自分が大切な人間なら、他人なんてどうでもいいから、自分の身体のことを考えて休むもんさ」

「あんまりほめるなよ。本当にそんなにいい人間じゃないんだから」

「そうやって照れるところも、善人だと思うぜ」

友人に褒められて、悪い気はしない。

自分は極めて平凡で、特に取り柄もないと思っていたけれど、少しはいいところもあるのかもという気になる。

「ま、姉さんが幸せになってくれることを祈るぐらいには善人かもね」

そのことで少し気が楽になったが、仕事が終わる頃にはまた緊張が戻ってきた。

用事があるからと、そそくさと店を後にして真っすぐに戻る部屋。

シャワーを浴びて、全身を綺麗に洗って、お気に入りの服に着替える。

またいいところで腹の虫が鳴らないように軽くお腹にものを入れたが、満腹にするとよくないとネットに書いてあったので、そこそこにした。

手に汗が滲むほどの緊張感。

たくさんの女性を相手にしてきたであろう羽川さんを満足させられるだろうか？

いや、そんな大それたことを考えてはいけない。

彼から逃げずにちゃんと最後までできるかどうかもわからないのだから。

昨夜、帰りがけに約束した時間になるのを待って、隣の部屋へ向かう。

インターフォンのボタンを押す指も震えていた。

スピーカーからの返答はなく、ドアが開く。

羽川さんは俺を見ると微笑んだ。

「逃げずに来てくれたね」

「逃げたりなんかしません」

気持ちを見透かされたような目を向けられ、強がってみせる。きっと彼には強がりだと気づかれているのだろうけれど。

「お酒、飲むかい？」

「いいえ」

「落ち着くよ」

「後で…、お酒のせいにしたくないんです」

「ありがとう」

彼は、薄いグレイの光沢のあるシャツを着ていた。

襟元が大きく開いていて、胸元が見える。

俺は自分としてはお気に入りで、脱ぎ着しやすくてシワにならないデザインプリントのロンTを着ていたが、ちょっと子供っぽかったかなと反省する。

「それじゃ、ベッドへ行っていいね?」

「…はい」

肩を抱かれ、奥の寝室へ向かう。

大きなベッドは昨日見たばかりなのに、ベッドというだけで意識する。昨日は横になってただけだけれど、今日は…。

「いい匂いがする。シャワーを浴びてきた?」

「は…、羽川さんが匂いを意識してたので」

香水の匂いが気になってただけだというのはわかっているが、何でもないのにシャワーを浴びてきたとなると、自分が準備万端で来たみたいで恥ずかしいからそう言う。

だめだなぁ、俺は見栄っぱりで。

「蓮の匂いだけで嬉しいよ」

彼は特別に意識してないみたいなのに。

二人並んでベッドの上に座ると、羽川さんは匂いを嗅ぐように俺の耳の辺りで鼻を鳴らした。

「緊張しないで。女性とするのと大して差はないから」

女性と言われて彼のところを訪れていた女性達を思い出す。

何度か見かけたが、いつも違う人ばかりだった。綺麗に着飾って、自分がどう見えるかを自覚して振る舞うタイプの美女ばかり。

彼女達とも、このベッドを使ったのだろうか？

いや、でも俺は特別なんだ。

彼は俺を彼女達のように取り替えたりはしないはずだ。

耳にキスされて、ピクッと背筋が伸びる。

緊張して、肩に力が入ってしまう。

「蓮」

甘い声。

彼の手が俺の腰を回って反対側からシャツのの中へ滑り込む。

「君はモラリストだから、私が男であるとか、彼女に申し訳ないとか思うんだろうな。だが今だけは、私のことだけ考えてくれ」

いや、もうずっとあなたのことだけです。

他のことなんて考える余裕もないです。

今、脇腹で動き始めた指先や、耳に時折触れる唇や、爽やかなコロンの香りや、全部、全部羽川さんのことばかりです。

「力を抜け」

優しい命令に、こたえようと努力をするが上手くできない。

俺の努力の空しさに気づいて、耳元から笑い声が聞こえる。

首筋に、吸血鬼みたいにかじりつかれ、舐められる。

「手を入れやすい服でよかった」

と言いながら、もう一方の手もシャツの中に消えた。

「…あ…っ」

指先が、乳首に触れた。

本当だ、男でも触られると感じてしまう。

「う…」

緩めのズボンを穿《は》いてきたのに、キツイと感じる。

前を開けて、自由になりたい。いっそ自分でしてしまいたい。

それでも我慢を続けていると、快感に身体がビクビクと痙攣《けいれん》するのがわかった。

「羽川…さ…ん」

彼は、胸の周囲にキスしては、また先を含むというのを繰り返していた。

キスの時のような目眩は感じなかったが、心臓は痛いほど激しく脈打っていた。下と連動するように。

「感じてるね」

「…はい」

「男同士でも、そんなに悪くはないだろう?」

俺が女性とは経験があると思ってるから、彼はじらすようになかなか先に進んでくれなかった。

こういうことを他人とすること自体が初めての俺には、もう限界が近いというのに。

「あ」

舌が、脇腹をすっと滑っていった。

自分のモノから先漏れが零れる感覚。

下着、汚してしまったかも。

「羽川さん…っ」

俺は我慢できなくて、もう一度彼の名を呼んだ。

「何？」

「もう…」

「もう？」

意地悪で言ってるんじゃないとわかっていても、苛《いじ》められてる気分だ。

「もう…、ダメです…」

「早いね。もうイキそうなのか。蓮はするよりされる方が感じるんじゃないか？」

弾んだ声がして、胸を弄っていた手が下へ伸びる。

「彼女に舐められたことはあるか？」

「そんなの…」

「私がしてやろう」

「いいです…、そんな…」

手は、ズボンの上から俺を撫でてファスナーにかかる。

ジーッ、とファスナーが下ろされる音がして、指が中へ入り込む。

「下着が濡れてる」

彼の言葉に顔が熱くなる。

「蓮も我慢できなかったんだね」

羽川さんは身体を起こして俺から離れた。

最後に向けての準備をするのだろうと思った。受け入れる場所にローションとかジェルとか塗るんだろうと。

だからおとなしくされるがまま、待っていた。自分でやれって言われたら、ちゃんとやらなくちゃと考えながら。

ズボンのボタンが外され、腰の締め付けがなくなる。

下ろされていたファスナーから、何かの皮を剥《む》くようにズボンが左右に開かれ、やっと硬くなっていた場所が解放される。

だが…。

「蓮？」

彼は下着をおろして俺のモノに触れた途端、驚きの声を上げた。

「——皮つき？　君はひょっとして童貞なのか？」

見られればわかることなので否定はしなかった。

「…はい」

それでも、俺はそれが悪い方に繋がる言葉だとは思っていなかった。

「あの女とは寝ていなかったのか？」

「羽川さんが見たのは…、俺の姉です。ただ遊びに来てるだけで…。この歳で彼女もいないっていうのが恥ずかしかったから…」

問われて、真実を告げるチャンスだとばかりに告白する。

想像では、『では私が初めてなんだな』ぐらい言ってもらえると思った。でなければ『なんだそうか』と笑われるかと。

けれど実際は違った。

「…羽川さん？」

ベッドが揺れ、彼がそこから降りたことを知らせる。

「羽川さん？」

慌てて身体を起こすと、彼は既に背を向けていた。

「あの…」

「帰れ」

「…え？」

「すぐに帰れ」

「どうして…。だって…」

「まさかヴァージンだったとは…。そうか、だから…」

愛撫は止まっても、限界まできていた股間はズキズキと痛んだ。でも彼が戻ってきてくれる気配はない。

それどころか怒ってる…？

「自分で処理して帰れ。私は出てくる」

「待って…！」

出て行こうとする彼を追おうと、自分もベッドから降りたが、脱がされかけてたズボンと張り詰めた股間のせいでドサリと床に落ちてしまった。

その音に、一瞬だけ羽川さんが振り向く。

見たことのない顔だった。

ギラギラとした目、吊《つ》り上がった眉、噛み締めるような口元。

怒っている、いや、それ以上に憎んでいるような冷たい視線。

「…羽川さん」

彼はもう、何も言ってくれなかった。

背を向け、逃げるように部屋から出て行ってしまった。

開け放したままのドアから、遠く玄関の扉が開く音が聞こえる。彼は外へ行ってしまったのだ、俺を置いて。

何故？

どうして？

俺が初めてなのが嫌だったの？

童貞だと、相手にしてくれないの？

俺のことを好きなんだと言ってくれたのではなかったの？　他の人の匂いを移すなと言うほどの独占欲を抱いてくれたのではなかったの？

何度もキスして、我慢できないって言ってくれてたのに、この状態の俺を捨てていなくなってしまうの？

「なん…で…」

悲しくて、涙が溢れた。

情けなくて、胸が痛んだ。

乱れた服、欲望丸だしの自分。

でも羽川さんはいない。

俺は、彼に捨てられてしまったのだ、理由もわからないまま…。


中途半端な状態で放置され、彼のいない部屋でポツンと残された俺は、暫く呆然とするしかなかった。

何が起こったのか、理解できない。

どうしたらいいのかもわからない。

いつまで経っても羽川さんが戻ってくる気配はなく、俺は恋人の時間が終わってしまったことだけをようやく理解すると、服を直し自分の部屋へ戻った。

彼の態度で少し萎《な》えたとはいえ、限界ギリギリまでだった身体をすぐに治められるほど慣れていない。かといってそのままにすることもできず、彼のいない部屋のベッドで自慰をすることもできない。

惨めな気持ちで部屋に戻ると、半べそをかきながら服を脱ぎ捨て、バスルームへ駆け込んだ。

そこででも、自分ですることはできなかった。

相手に拒絶されてしまった後に、彼に煽られたものを一人で処理するなんて、更に惨めになるだけだ。

冷たい水を浴び、身体の内側にあった熱を冷やし、何とかごまかすしかなかった。

先の感覚がなくなるほど冷やしてやっと治まってくると、バスタブにお湯を張り、その中へ身を沈め、頭まで浸かった。

夜の公園で情熱的に告白され、ベッドに上がった時まで、彼が俺に好意をもってくれていたことを疑っていなかった。

いや、今だって、疑ってない。

彼は俺を本当に好きだと思ってくれていた。

でも、彼は俺に触れる気を失くした。

俺が男だから？

そんなわけはない。だってそれでもいいと言って誘ったのは彼だ。

タイミングが悪かった？

違う。あそこまで行ってタイミングがどうこうが関係するわけがない。

わかっているのに認めたくない答え。

『君は童貞なのか？』

驚いた顔。
『帰れ』
冷たい視線。
一緒にいることすら拒んで部屋を出て行った。
どうして去って行ったかって?
考えられる答えは一つだけだった。
俺が、未経験だったからだ。
でもそれの何がいけなかったのか。それがわからない。
去って行ったのは今だけだろうか? それともこれで終わりなんだろうか?
何も考えられない。
何を考えたらいいのかわからない。
幸せだ、と思った。
好きな人に好きと言ってもらえて。
幸福の絶頂だった。
なのにそこから奈落の底まで突き落とされてしまった。
「羽川さん…」

どうして？

それを訊いたら答えてくれますか？

もう一度好きと言ってくれますか？

こんなに好きになった人に嫌われたくない。一度好きと言ってくれた人に、嫌いと言われたくない。

ずっと好きでいさせて欲しい。

セックスなんかしなくてもいい。今まで必要のなかったものだから、まだ暫くは我慢することはできるだろう。

でも、気持ちだけは、キスだけは、もう一度与えて欲しい。

風呂を上がると、珍しく酔い潰《つぶ》れるまでビールを飲んで俺はベッドに入った。

何も考えたくない。

悪いことしか考えられないなら、考えない方がいい。

これで。こんなことで自分達の関係が終わるかもしれないなんて、考えたくなかった。

何も考えられなくて、無為に過ごした休日の翌日、仕事に行く時に彼の部屋の様子を伺ってみたけれど、ドアは固く閉ざされたままで、彼の気配を感じなかった。

夜型の生活をしてる人だから、この時間に起こすのは悪いと思うと、インターフォンを鳴らすこともできず、その場を離れた。

元々、彼の部屋は敷居が高かった。

招かれなければ行ってはいけないと思っていた。

それがより強くなってしまった。

何もしなかったら、自分達を繋《つな》ぐ細い糸が切れてしまう気がして、メールだけは入れておいた。

『いつでも食事作りますから、呼んでください』と。

返事はなかったけれど、羽川さんはいつもすぐに返信してくれる人ではなかったから、今日中に連絡があればいいだろうと自分を慰めた。

でもそれで終わりだ。

疑問も悲しみもあるけれど、それ以上にできることがない。

いつものように仕事をしていても、ふっとした瞬間に『どうしてだったんだろう』と考えてしまうけれど、答えを出すことを拒否してしまう。

『どうしたらいいんだろう』と考えても、答えが出ない。

だから、ぼーっとしてしまう。

それを猿渡に指摘された。

「お前、今日は心ここにあらずって感じだな」

少し怒ってるようにも聞こえる友人の言葉に、思わず謝ってしまう。

「ごめん…」

「いや、謝る必要はないけど。佐久良、ここんとこ情緒不安定じゃん。この間は緊張してるみたいだったけど、今日は落ち込んでるみたいだし」

鋭いな…。

「うん…」

「何かあったのか？　姉さん、恋人とダメだったとか？」

「違うよ。姉さんのことはまだわかんない」

「じゃ、どうしたんだよ。前向きで元気なのが取り柄なのに」

相談、してみたかった。

自分一人では手に余ることだから。

でも、何と言って話を持ち出せばいいのか…。

「猿渡、変なこと訊いてもいい？」

俺は彼をわざわざ店の隅へ連れて行くと、声を顰《ひそ》めて訊いた。

「あのさ、男って、その…、相手が初めての方がいいんだよな？」

俺の質問の意味がわからなかったのか、彼は不思議そうな顔をした。

「何の初めて？」

「だから…、恋人だよ」

言ってて、顔が赤くなる。

ああ、俺はこういう話題が苦手なんだ。

「わかるだろ？」

それでも猿渡は一瞬考え、それからやっと『ああ』という顔をした。

「ヴァージンがいいってことか」

「シッ、声が大きい」

「いや、大きくはないだろ。でも何でそんなことを？」

「だから…、その…。知り合いの女の子に相談されたんだけど、俺にはよくわかんなくて、何て言ってあげたらいいのかなって…」

「なるほど、だから悩んでたんだ。お前、下ネタ苦手だもんな」

「そうなんだ」

取り敢えず猿渡が納得してくれたので、そのまま話を続ける。

「俺としてはさ、好きな人の相手は自分が初めてっていうのは悪くないと思うんだけど、そうじゃないヤツもいるのかな？」

「その女友達、何て言われたんだ？」

「…はっきりは言わなかったけど、初めてだったのかみたいなこと言われて、出て行かれたって…」

女の子が男にそんな相談するなんておかしい、と突っ込まれるかと思ったが、猿渡は気にした様子もなく頷いた。

「女って、自分の彼氏じゃないと、結構エゲツないことも平気で言うよな。俺の彼女の友達も、時々似たようなこと訊いてくるやつがいるよ。佐久良も困っただろう」

猿渡の誤解に乗っかって頷く。

「ああ…」

「初めてが嫌っていうやつがいるとは言えないもんな」

「猿渡、その心理がわかるのか？」

「そりゃまあ。佐久良、わかんないの？」

「わかんない」

俺は正直に言った。

「ヘタだからって言うんじゃないよな？」

下手も上手いも、あの時は関係ない状態だったはずだ。

「それもあるかもな。ヴァージンはなかなか濡れなくて硬くて痛いって言うし」

「でもそんなのローションとか使えば…。それに、相手は慣れてる人だって言ってたから、何とか上手くできたんじゃ…」

「相手、遊び人？」

羽川さんを『遊び人』と言うには気が引けたが、堅物ではないだろう。

「まあ、多分」

「じゃ、あれだな。重いって思ったんじゃないか？」

「重い？」

彼はしたり顔で頷いた。

「処女信仰っていうのもあるし、俺なんかは彼女が初めてだと嬉しいと思うけど。遊び慣れてるやつは初めては重たくて嫌だっていうぜ。私の初めてをあげたのに、って言われるのが嫌だとか、本気になり過ぎるとか」

「本気じゃダメなのか？」

「向こうが本気じゃなきゃ、な」

「相手だって本気だと思うよ。嫉妬とかもされてたって言うし」

本気に決まってる。

遊びだったら、俺が一度付き合いを考えようと言った時に終わっていたはずだ。

「具合が悪いか、結婚を迫られるのが嫌か、まあそんなところだろう。どっちにしたって、女に言える話じゃないから、よくわかんないって逃げた方がいいぜ。女って、相談したいって言っても、こっちの考えが聞きたいわけじゃないんだ」

「それはわかる。ただ聞いて欲しいだけなんだよな」

彼女はいないが、姉はいるのだ。

女性の生態ならよくわかってる。

「その娘が気になってるっていうんじゃないなら、忘れろって」

猿渡は慰めるように俺の肩を叩いた。

「…ああ」

忘れられたらどんなに楽だろう。

他人の相談事だったら、どんなによかっただろう。

けれどこれは自分のことだから、忘れるわけにはいかないのだ。

「他人のこともいいけど、佐久良は自分の彼女作れよ」

「恋愛は…、難しいよ」

「お、含蓄《がんちく》のあるセリフ」

猿渡は笑った。

「ありがとう。猿渡のいうように、気にするなって言って終わりにすることにするよ」

お客が入って来たので、俺は彼より先にその場を離れ、高価な品物が並ぶディスプレイの棚の前で立ち止まったままの若いＯＬに声をかけた。

「お捜し物ですか？」

恋はした。

恋はしてる。

でもよくわからない。

女の子が相手なら、こういう悩みはしなかったんだろうか？

そんなことはない。きっと一緒だ。男でも、女でも、自分ではない他人を好きになってしまうというのは、きっと『しんどい』ことだと思う。

だって、他人の気持ちなんていつもわからないから。

今話をした猿渡が、俺の相談を真剣に聞いたのか、俺が離れた途端忘れてしまう程度だったのか、わからない。友達の女の子の話だと言ったけれど、本当にそれを信じてくれたのかどうかもわからない。

でも、恋人でなければ、上手く折り合いをつけて、わからない部分をわかったフリして流したり、忘れてしまうこともできる。

なのに恋人だと、頭が全てそのことで一杯になってしまう。

「兄の結婚祝いなんですけど、趣味がよくわからなくて…」

ほら、兄妹だって、『わからない』を平気で言う。

「お歳はお幾つですか?」

「三十半ばぐらいです」

「でしたら、長くお使いになれるものがいいと思いますよ」

羽川さん。

あなたは今、俺のことを考えてますか?

俺が、考えているように。

「食器ですか?　でもそれってお嫁さんが嫌がるかなって」

仕事場で、あなたの姿はなくて、目の前には相談してくるお客様がいるというのに、俺の頭の中はあなたでいっぱいです。

しかも、自分でも信じられないくらい、かなり下世話なことまで考えてます。

「普段使いのものは趣味があるでしょうから避けた方がよろしいかも。でも、ブランド物とかでしたら、飾っておくのもいいでしょう？　それに、女性にとってはブランド物ってステイタスになるんじゃないかな」

俺の身体に不都合があったのかな。

でも後ろは見てないから、穴がどうこうじゃないよな。皮がついてるのが嫌いなんだろうか、と。

自分がこんなに性的なことを考えるのは、多分初めてです。

「高いって、わかってくれるかしら？」

友人達がエロ本を学校に持ってきて騒いでいた青い時代にも、俺はその本に興味を持てなかった。

「わかりやすいブランドにしては？　バカラとか」

女性が、というよりそれを見て、家に帰って姉の姿を見るのが恥ずかしいから。もし姉で妄想するようになったら嫌だな、と自分を戒めてました。

同じ理由で、風俗にも行けませんでした。

身近にいる女性を、性的対象にする可能性を排除したかったんです。

それでも、俺はあなたに欲情した。

「こちらのワイングラスなどいかがでしょう？　デザインが素敵ですから、飾っておいても綺麗ですよ」

「あら本当。素敵。私が欲しいくらい」

キスされて、触れられて、気持ちがよかったことが忘れられない。

そんなことを考えながら接客してる自分が嫌だと思いながら、それでもやっぱりあなたのことばかり考えてしまう。

「幾つかお出ししてみましょう」

頭の中が二つに分かれたみたいに、いつもの自分とそうでない自分がいる。

俺がこんなふうになってしまったことを、あなたは知らないでしょう。こんなふうにしたのがあなただということも、知らないでしょう。

「お嫁さんと、話してみます。色々あり過ぎて迷っちゃうし、高いもの買うなら大切にしてもらえるものにしたいし。悩むより直接相談した方が早いから。これ、カタログみたいのあります？」

「カタログはないんです。でもよろしかったらお二人でいらしたらいかがですか？　奥には輸入のアクセサリーとか服がありますから。兄嫁さんと思わないで、お友達と買い物に来る感覚で立ち寄ってみるのもいいですよ」

「そうですね…。そうします。ありがとうございます」

「いいえ。ありがとうございました」

ひやかしと本当に迷ってる客の違いはわかる。

彼女はきっとまた来るだろう。

「悩むより直接相談した方が早い、か…」

メールの返事が来たら、俺もそうしてみようか？

経験値も知識も少ない俺が一人で悩むより、何が悪かったのかを本人に聞いてしまった方が早いだろう。

訊くのが怖いのは、悪い答えが出るかもしれないと思うからだ。

けれど彼の答えは、部屋から出て行った時にもう決まっている。

だとしたら、訊いても訊かなくても一緒。知らずに悶々としている時間が長い方が辛いだろう。

メールの返信が来たら、食事を作るから会ってくださいと言おう。そして自分の何がダメだったのか、直せるものなら直しますと言おう。

けれど…。

その日、終に羽川さんからのメールの返信はなかった。

その次の日も、またその次の日も。

彼からの連絡はそれっきりぶっつりと途絶えてしまった。


引っ越してきて、初めて羽川さんと会った時、この人の視界に自分が入ることはないんだろうな、と思った。

住む世界が違う。

纏う空気が違う。

それがすぐにわかったから。

憧れたし、好意は抱いたけれど、そんなものは自分の一方通行だとわかっていた。

あの雨の日に彼に声をかけた時、名前も顔も覚えてもらってなかったことを失望もしなかった。残念ではあったけれど、やっぱり、と思った。

それでも、彼の様子が心配で、彼と少しでもお近づきになりたくて、自分としてはなけなしの勇気を出したのだ。

食事を喜んでもらって、名前を思い出してもらった時は、それだけで幸せだった。

仕事柄夜型だという彼が、雨の日や、夜になると出掛けて行って、美しい女性達をお持ち帰りしているのを見ても、寂しさは感じても彼女達と争う気持ちはなかった。

自分をわきまえていたから。

俺は男で、彼に比べれば平凡な容姿で、人に好かれはするが振り向いてもらえる程のものではないとわかっていた。

だから、彼が食事を作って欲しいと、一緒に食べようと言ってくれた時、これが自分と彼との関係の最高値だと思っていた。

これ以上親しくなるなんて、夢のまた夢。

あり得ない、と。

あそこで止まっていればよかった。

過ぎたことを言っても仕方がないが、あの時ならまだ、諦められた。彼の視界に入らないことを当然と思えた。

でも、彼が自分を求めて、好きだと言ってくれて、キスしてくれて、ベッドへ誘ってくれたから、俺は本当に自分が彼の恋人になれると思ってしまったのだ。

羽川さんと、ずっと一緒にいられるのだと。

なのに…。

突然全てがゼロに戻された。

羽川さんはメールも電話もくれなかった。

廊下で顔を合わせることもない。

当然、部屋を訪ねてきてくれることもなかった。

あの雨の日の前まで、引き戻されてしまったのだ。

自分からアプローチすればいいのかもしれないが、俺が逃げるように去った彼の姿を思い出すと怖くてできなかった。

電話の一本、メールの一本でもあれば、頑張れたかもしれないが、彼の方から交渉を断っているのにこちらが動くのは怖い。

もしも、電話をかけて名乗った途端切られたら、彼の部屋を訪れて鼻先でドアを閉じられたら。

きっと立ち直れない。

今でさえ、何とか努力して頭を空っぽにして、日々を送っているというのに。

朝起きて、隣の部屋へ続く壁に目をやる。

造りのしっかりしたこのマンションで、隣の生活音が聞こえるわけがないのに、つい耳を澄ましてしまう。

仕事に行っても、客の応対をしている時はそちらに集中できるが、片付けなどの単純作業になると、また羽川さんのことを思い浮かべる。

買い物に行っても、もしかしたら羽川さんが食事をしたいと言ってくるかもしれないと、つい食材を多めに買ってしまう。

一人で食事をするなんて、ここへ移ってから当然のことだったのに、今は広いテーブルの上に並んだ一人分の食器が空しい。

夜、風呂に入って自分の身体を見れば、何が悪いのかと考え、ベッドに入れば彼が与えてくれた快楽を思い返す。

彼はどうしているだろう?

食事はちゃんと摂っているだろうか?

食べること自体が好きじゃないと言っていたけれど、食べないと身体に悪いのに。

俺のことをそういう相手にできないならできないでもいい。もう一度会いたい。会って、微笑んでもらいたい。

たとえ食事係でもいいから、彼に必要とされたい。

好きだ。

あの人が好きなのだ。

たとえこのまま誰とも身体を重ねることなく、魔法使いになったってかまわない。

彼が触れてくれなくてもいい。

もう一度、言葉を交わすだけでいい。

でもそんなささやかな願いすら、叶《かな》うことはもうなかった…。


「蓮、あなた隣の住人と仲良くしてるって言ってたわね」

久々に部屋を訪れた舞亜は、入ってくるなり玄関先まで迎えに出た俺にそう言った。

外は、夕方から降り始めていた小雨《こさめ》が夜になっても降り続き、彼女のレモンイエローのワンピースの肩をラメのように光らせている。

その水滴を拭《ぬぐ》うタオルを渡してやると、彼女はそっと肩から露を払った。

「羽川さん?　仲良くって、何度かご飯食べただけだよ。最近は全然会ってないし」

と答える胸が少し痛む。

それが事実なだけに。

「本当でしょうね？」

向けられる心配そうな目。

「何、急に。前に見かけた時はハンサムだからお近づきになれってうるさいくらいだったのに。彼氏ができると変わるの？」

からかうように言ったのは、その話題を続けて欲しくなかったからだ。

けれど舞亜はそれには乗ってこず、「ちょっと来なさい」と俺の手を取り、リビングのソファに座らせた。

本気モードの顔付き。

説教するお姉ちゃんの目で真剣に俺を見る。

「何？　どうしたの？」

流石に不安になって訊くと、彼女はじっと俺を見たまま訊いた。

「あなた、私に顔向けできないようなことしてないでしょうね？」

ドキッとして一瞬顔が強ばる。

顔向け出来ないようなこととは思っていないが、さすがに同性愛者になりましたと姉には言えない。

「どうなの？」

「突然そんなこと言い出しても、何のことだかわかんないよ。そりゃ男だから、舞亜に言えないことぐらいはあるけど、悪いことはしてないよ。具体的に何を訊いてるんだかはっきり言ってくれないと答えようもないじゃん」

重ねて尋ねられたからそう言ってごまかすと、彼女は更に厳しい目付きでジロリと睨《にら》んだ。

「変なクスリとかやってないわよね？」

「ハァ？」

あまりに突拍子も無い質問に、驚きの声を上げる。

「何それ？」

「どうなの？」

「ないよ。そんなこと、するわけないだろ。何突然言い出してるんだよ」

舞亜は俺の返事を聞くと、ほうっと息をついて力が抜けたようにソファに倒れ込んだ。

「よかった。あなたに限ってそんなバカなことはしないと思ったけど、心配になっちゃって…」

「どうしてそんなこと言い出したの？」

「それがね」

倒れたばかりの彼女が、また唐突にムクッと起き上がる。

「今、玄関先であの男に会ったのよ」

「あの男って…、羽川さん？」

「そう、隣の美形。女連れだったんだけど、それがおかしかったのよ」

女連れ、と言われて胸が痛む。

彼が女性を連れているのはいつものことなのに。

「おかしいって…、別に女性連れでも変なことじゃないだろ？」

「ただ連れてるだけならね。でもその女性の方が何ていうか…、お酒に酔ってるみたいな感じで…。ううん、お酒じゃないわ。何かもっと変な感じだったの」

「変な？」

「私がすぐ側にいるのに、全然目に入ってないみたいで。トロンした目付きでキスしてたのよ」

キス。

「男の方はしっかりしてて、ちらっと私の方を見たんだけど。そしたら見せつけるみたいにキスして」

見せつけるみたいに…。

きっと、そうなんだろう。

舞亜が俺の姉さんだって知ったから、彼女の口からこの話が俺に伝わるように、彼女の目の前でそんなことをしたに違いない。

「女の方は足元もおぼつかなかったし、あれはきっとクスリか何か飲ませて連れ込んでるのよ」

俺に、自分には他に相手がいる、女性とならそういうことをすると伝えるために。

…それは考え過ぎだろうか？

それほど俺のことなんか意識していないのか？

「あの人はそんなことしないよ」

「あなたは見てないからそう言うのよ」

「そんなことしなくたって、羽川さんならいくらだって女の人が寄って来るに決まってるじゃないか。舞亜だってカッコイイと思ったぐらいなんだから」

「そうだけど…」

「酔っ払ってたんだよ。介抱するために運んだんじゃないかな」

「お酒の匂いはしなかったわ」

「酔ってなかったとしても、あの人は変なクスリなんか絶対に使わないよ。クスリ臭いものは嫌いだっていつも言ってるもの」

「でも…」

「舞亜。憶測で他人のことを悪く言うなんて、よくないよ」

思わず声がきつくなる。

「…彼は、友人なんだから、悪く言われたくないよ」

わかってる。

わかってるから、それ以上言わなくていい。

きっとその女性は羽川さんに酔ってたのだ。

彼のキスはアルコールなんかよりずっと陶酔させる。もしかしたら、外でそういうことをしてきたのかもしれない。

俺には触れてくれなかった指が、その女性には触れたのだ。そしてそれが、彼女を酔わせたのだ。

「でも心配してくれてありがとう。俺は絶対にそういうものはやらないよ。何に誓ってもいい。そんなバカなことはしない」

「…そうね。ごめん。私も言い過ぎたわ」

「食事していくんだろ？　今すぐ作るよ」

「ん。今日は手伝うわ」

言い過ぎたことを謝罪するかのように、舞亜は立ち上がった。

彼女が玄関ホールで会ったのなら、今頃羽川さんの部屋にはその女性がいるのだ。

あのベッドを、二人で使うのだ。

それを思うと、キリキリと胃の辺りが痛んだ。

「どうしたの？　ぼーっとして」

誰かに嫉妬するのも、これが初めてだな。こんなものまで彼に教えられてしまう。

「何でもないよ。料理するなんて言い出すなんて、舞亜もそろそろいい感じかなって思っただけ」

「それ、セクハラだから」

「幸せになって欲しいんだよ。自分の好きな人に好きになってもらえるように」

「バカ」

頬を染めてはにかむ舞亜に、『俺はダメみたいだから』と心の中で付け足した。

自分の身代わりというわけではないけれど、本当に幸せになって欲しいな、と思って。

「舞亜のこと、『姉ちゃん』ってまた呼ぶ日が近いかもね」

「何それ」

「決まった相手が出来れば、歳のこと気にする必要もないじゃん」

「せめて『姉さん』にしなさいよ」

「なんで?」

「蓮、ピュアだから『ちゃん』より『さん』のがいいわ」

「何それ?」

「あんたは綺麗なのよ。人の悪口は言わないし、他人の詮索もしないし、真面目にコツコツ働くし。そういう清廉な青年には『姉さん』と呼ばれたいわ」

冗談で言ったであろう姉の言葉に、少し泣きそうになる。

「…よくわかんないの」

「わかんないところがあなたらしいところね」

羽川さんに捨てられて、『何かが悪い』自分を持て余していた俺をそんなふうに見てくれる人がいるというのが嬉しくて。

だから、俺はまだ笑えてた。

「じゃ、その時が来たら、姉さんと呼んであげるよ」

優しい姉に慰められて。

けれどその翌日、そんな慰めなど消し飛んでしまった。

昨日からの雨はまだ降り続いていて、激しさが増していた。

店の客足も伸びず、店を閉めた後に客の傘から床に零れた雫《しずく》を掃除するのに時間がかかり、帰宅も遅れた。

憂鬱《ゆううつ》な気分。

一人の部屋に戻って夕飯を作るのも億劫《おっくう》になり、帰りがけに外でラーメンを食べたのだが、初めて入ったその店は味がイマイチだった。

ついてないな、とは思ったのだ、その時点で。

もしも、この時雨が降っていなかったら、店の掃除で帰宅が遅れることもなく、外食してさらに遅くなることもなかっただろう。

傘をさして、直前までその姿に気づかないなんてこともなかっただろう。

晴れていて、いつもの通りだったら、俺は『それ』を見なくて済んだのに。

ついてないから、タイミングが悪かったのだ。

足元を見ながら歩いていた道。

濡れたアスファルトに街の明かりが反射して、陽炎《かげろう》のように揺らめいていた。

ああ、彼に声をかけたのもこんな日だったな、とまた羽川さんのことを思い出し、俯《うつむ》いていた顔を上げたのはマンションのすぐ近くだった。

「……あ」

小さく漏らした声。

心臓を、何かでぎゅうっと掴まれ、もぎ取られた気がした。

そこには、タクシーから降りてくる羽川さんの姿があったからだ。

しかも一人ではない。

短く切り揃《そろ》えたショートボブの髪に赤いボディコンシャスなワンピース、長い足と黒いヒール。

遠目からでもわかる美しい横顔。

羽川さんにお似合いの美女が、彼に支えられるように車から一緒に降りてきた。

女性は、舞亜の言う通り、どこか夢見るような瞳で羽川さんを見ていた。

羽川さんは、冷たい視線で彼女を見下ろしていたが、その手は女性の腰に回っていた。

羽川さんが、その女性に恋心を抱いているとは思わなかった。自分に向けられていたあ

の優しい微笑みとは全然違うから。

でも、彼が、その女性をどういうつもりでエスコートしているのかはわかった。

傘をさしたまま、動くこともできず立ち尽くす俺に気づかず、二人は建物の中に入って行った。

世界から、酸素が無くなってしまったかのように息苦しい。

身体の中に、巨大な蛇を呑んだように胃が重くなる。

どうして…。

この時間に戻ってしまったのだろう。

あと五分早いか遅いかしていれば、こんな光景を見ないで済んだのに。

ついてない。

せっかく何とかごまかしていられたのに、想像しても、舞亜の話を聞いても、笑うことができたのに。

もうそれができなかった。

悲しい、という言葉が陳腐に聞こえるほど、悲しい。

身体に爪をかけられ、左右に引き裂かれたように痛い。

パタパタと大きな音を立てて傘を揺らす雨の勢いに負け、しっかりと柄《え》を握ることもできなくて、傘が道路へ転がる。
緩慢な動きでそれを拾いあげ、濡れた身体で自分もマンションへ入った。
ああ…。
苦しい。
あんなにドキドキワクワクしていた恋の始まりが嘘のように、苦しい。
重たくなった足を引きずり、自分の部屋へ戻る。
重力が、自分の上にだけのしかかってくる。
立っていられなくて、ドアを閉めた途端、玄関先に膝をついた。
「あ…」
声が、喉に張り付いて出てこなかった。
叫びたいのに、喉が詰まって、息苦しくて、無理に出そうとすると涙が出た。
どうして、俺を好きだなんて言ったんだろう。
希望を与えなければ期待などしなかったのに。
期待しなければ、こんなに大きな悲しみに襲われなかったのに。
俺はダメでその女性はいいの？
男だから、女だからじゃない理由は何？

初めては嫌だった？

猿渡が言ったように、初めては重いと思ったのか？

楽しめないと思ったのか？

俺を好きだと言ってくれたあの言葉よりも、もっと大きな理由があったのか？

初めてでなければ、まだ側にいてくれたのか？

わからない。

羽川さんの気持ちがわからない。

だって、どの考えを選んでも、辻褄《つじつま》が合わないじゃないか。

俺を本気で好きなら、初めてだって何だっていいだろう？　初めてが遊びづらいと思ったなら、俺が遊び相手なら、あんなに真剣に好きだと言う必要はなかっただろう？

付き合おうと言ったのは羽川さんだった。

男でも関係ないと言ったのも、羽川さんの方だ。

ベッドへ誘ったのも彼だ。

なのに説明の一つもなく、フォローの一つもなく、連絡も途絶え、顔を合わせることもなくなり、他の人を部屋へ呼び入れている。

　どうして？

あの夜から、俺の頭の中はその一言だけがぐるぐると回っていた。

「どうして…」

その答えが知りたかった。

この悲しみに押し潰されてしまう前に。

恋って、何だろう。

恋をすると、どうなるんだろう。

大人になっても、子供みたいに考えていた。

恋で何も手がつかないとか、恋で死にそうになるとか、人生が変わるとかって、本当にあるんだろうかと思った。

恋をしたら詩人になるとか、恋をしたら鬼になるとか、生まれ変わったようになるなんて、本当だろうかと。

童貞でも、俺は大人なので、恋は楽しいだけのものではないという覚悟はもっていたけれど、上手くいっていて浮かれている時は、夢に描いたように幸せで甘酸っぱい恋を味わえた。

でも、それがトランプで作ったタワーのように一瞬で崩れてしまうと、自分の中に性欲があったり、嫉妬心があることを知って驚いた。

そして今、俺はバカになっている。

理屈で考えるのではなく、ただ、ただ感情だけで、頭と身体が動かされている。

女性と羽川さんを見送った後、俺は泣いた。

泣いて、泣いて、不味かったラーメンを残してしまったので、空腹を感じて昨夜舞亜の作った残りのシチューを食べて、風呂に入って涙を洗い流した。

壁に手を当てて、聞こえやしないのに彼に語りかけるように『どうして？』を繰り返し、『好きなんです』と続けた。

玄関先の床に座り込んで、雨の音を聞きながら、人の通る気配を探っているのも、自分がバカになったからだ。

彼女が、帰るのを待っている。

あの女性が、羽川さんの部屋を出てゆくのを、ストーカーみたいに待っている。

部屋の中で何が行われているかは、もう考えなかった。

考えたくなかった。

頭を空っぽにして、彼が一人になるのを待っていた。

明け方近く、じっと見つめていた通路に面したキッチンの窓に、赤い影が過ぎてゆくと、俺はほうっと息を吐いて立ち上がった。

彼に、『どうして？』を尋ねるためだ。

今なら、彼は起きているだろう。

俺もバカになって、勇気ではないけれど、勢いがついている。

だから今なら、彼に訊けると思ったのだ。

靴を履いて外へ出て、隣の部屋の前に立つ。

インターフォンのボタンを押す自分の腕にある時計は、三時を回っていた。

とても人の家を訪ねる時間ではない。いつもの自分なら、こんなことはしない。でも今は、深く物事を考えることができなかった。

頭の中にあるのは、教えてほしいという気持ちだけだった。

静かな夜の空気を、雨音だけが支配している。

インターフォンが鳴る音は、ドアの外まで聞こえていた。けれど返事はなかった。

もう一度、ボタンを押す。

それでも何も聞こえないし、ドアも開かない。

俺は、拳を握って鉄の扉を叩いた。

「羽川さん」

バカなことをしている。

迷惑なことをしている。

そんなことは重々わかっているのに、止められない。

「羽川さん、起きてるんでしょう？　そこにいるんでしょう？」

インターフォンの呼び出し音は、聞こえているだろう。

けれどドアの外で話す声は、聞こえるのだろうか？　うちと同じ造りだから、ドアのすぐ内側やキッチンでなら、少しは聞こえるのはわかる。でも、もしリビングや寝室にいたら、聞こえないだろう。

それでも、俺は話しかけた。

ドアのすぐ向こうに彼がいるかのように。

「俺のことを嫌いになったんなら、はっきり嫌いと言ってください。こんなふうに何にも言わないで終わりにしないでください」

届いていなくてもいいのだ。

ドアが開いてくれれば嬉しいけれど、そうじゃなくてもいい。自分の内側で大きくなりすぎた苦しみを吐き出したいだけだ。

だから、大声は張り上げなかった。

ドアに寄りかかるようにして、語りかけるだけだった。

「俺が、未経験だから嫌なんですか？　俺を好きだったことを撤回するんですか？　俺があなたを好きな気持ちは無視なんですか？」

涙は涸《か》れた。

空っぽで、本当に空っぽで、喚《わめ》くこともしなかった。

「俺が童貞じゃなかったらよかったんですか？」

バカなことを言ってる、と嘲笑《わら》うでしょうか？

それとも、そんなこと関係ないと背を向けるでしょうか？

「だったら、俺、今から風俗行ってきます。誰か知らない人と寝て、初めてじゃなくなってきます。好きでもない人と寝るなんて本当に嫌だけど、好きな人に戻ってきてもらうためなら我慢します。あなたがもう一度会ってくれるなら、何でもします」

俺がそう言ってドアから身体を離した途端、ずっと閉じていたドアが勢いよく開いた。

「だめだ！」

「……羽川さん」

ずっと、ずっと会いたかったのに会えなかった人が、そこに立っている。

「行かせない」

彼は俺の腕を取ると、強引に部屋の中へ引き入れた。

「なんで…ダメなんです？」

「他の男に抱かせるものか。女でもだ！」

語気荒く、彼は言い放った。

どうして？

「だって、あなたには関係ないんでしょう？」

何故俺を置いて逃げ出したのに、そんなことを言うの？

「関係ないわけないだろう！」

どうしてそんなに怒るの？

「だって！　…だって、羽川さんは俺に触れないじゃないですか。俺が童貞だから嫌なんでしょう？　だったら俺が童貞を捨ててくればいいんじゃないんですか？　それとも、他に理由があるんですか？」

「それは…」

「俺はちゃんと覚悟を決めてた。男同士でも、初めてでも、羽川さんになら抱かれてもい

いと思ってた。なのにあなたは俺を置いていなくなった。その理由も教えてくれないで。しかもその後連絡もくれなかった」

聞いてくれる相手が現れて、言葉が止まらなくなる。

「俺は会いたかった。嫌いになったならそう言って欲しかった。俺に悪いとこがあるなら、教えて欲しかった。でも何も言ってくれないから…」

今だって、さっきまでの勢いは消え、俺の言葉に困った顔をするばかりだ。

「だから、自分で考えて答えを出すしかないでしょう？　あなたが俺を嫌いになった理由を」

「…嫌いになどなっていない」

「だったらどうして？」

「…好きだからだ」

羽川さんは俺を掴んでいた手を離し、背を向けた。

「蓮が好きだから、嫌われたくなかったんだ」

「意味が…、わかりません」

「わからないだろうな」

「そう思うなら、説明してください」

俺がその背中に取りすがると、彼はその手を払った。

その行動が俺を傷つけるって、この人は本当にわかっていないんだろうか？

「説明しても、信じてくれない」

辛そうに言わないで。

辛いのは俺の方なのに。

「してもみないで決めつけないでください」

「わかるさ。説明しても信じはしない。信じたら、私から離れてゆく」

「今と何が違うんです？　俺が離れてゆくって言うけれど、今はあなたが俺から離れていってるじゃないですか」

「ただ距離を置いただけだ…」

身勝手なセリフ。

いつもずっと、隠し事をせず、取り繕わず話をしてくれる人だと思っていた。そこが、彼に惹かれたところの一つでもあった。

なのにそうやってごまかすような言葉を操るの？

それは『本当のあなた』は、もう俺に向き合ってくれないということ？

「距離を置かれた俺がどう思うかって、考えてくれてます？」

「蓮……」

「はっきり言っていいです。俺が童貞だから嫌なんでしょう？」

「違う」

「俺が他の人と寝てくればいいいんでしょう？」

「違う！」

羽川さんは振り向いた。

その目が深く輝く。

「君を他の者に渡すなど、絶対にさせない」

手が、肩を強く掴んだ。

「痛ッ」

指が食い込むほど強く。

「蓮は私のものだ」

「羽川さん、肩……」

光の加減か、深く輝いた目の色が燃えるように揺らぎ、黒い瞳が紫色に変わったように見えた。

紫なんて日本人の目の色としてあり得ない色なのに、美しい色だと見とれてしまった。

「……いいだろう」

肩を掴んでいた手が抱き寄せる手に変わる。

そのまま彼は俺を抱え込み、奥の部屋へ向かった。

「私も我慢の限界だ」

暗いリビングを通り抜け、更にその奥の寝室へ。

明かりはなく、暗闇に沈んだベッドへ、彼は俺を突き飛ばした。乱暴ではなかったけれど、強い力に身体が跳ねる。

羽川さんは、俺から離れ、戸口に立った。

「どうして、側に来てくれないんです？　また俺をここへ置いて出て行くんですか？」

倒れた身体を起こして彼を見ると、身体が青白く光っているように見えた。

「逃がさない。蓮は私のものだと言っただろう。もう君の意思など関係ない。……と、言いたいところだが、私を満足させてくれたら君の好きにしていい」

その言葉にカッと頭に血が上る。

「それって、一回やらせろってことですか？　そうしたらもういらない、と」

「そうではない。今君の好きにさせてやるほどの余裕はないが、後でならその余裕ができるだろうという意味だ。いらないのではなく、蓮が私のところに残ってくれればいいと願っているが、逃げたいのなら止められないほど君が好きだと言いたいのだ」

「俺はどこへも行きません」

「それはどうかな?」

声は、笑っていた。

嘲笑《ちょうしょう》ではなく、諦めたように力無く。

「まあいい。後でわかることをごちゃごちゃ話していても、仕方がない。まずは君の疑問に答えてやろう。訊くがいい、知りたいことを」

戸口にもたれ、腕を組み、こちらを見ている。

不思議だ。部屋は暗いのに、明かりはわずかしかないのに、どうして彼のその姿だけは、はっきりと見えるのだろう。

「…俺のことを、好きなんですか、嫌いなんですか?」

「好きだ。愛している」

「じゃあどうして、あの時俺を置いて出て行ったんです?」

「君の考える通り、蓮が童貞だったからだ。ヴァージンだとは思っていなかった」

「…未経験だと面倒だからですか?」

「いいや。嬉しかった。まだ誰とも性交していない無垢なものが、私の手に入るなんて。

だが同時に、我慢が利かなくなるのがまずいと思った」

「俺は男だから、別に優しくしてくれなくても…」

「そういう意味じゃない。我慢しきれず、己の本性が出てしまうのが怖かった。そうなれば、さすがに君も私が何者であるか気づいてしまうだろう。気づいたら、手の届かないところへ逃げて行くだろう、と」

「本性…？」

「私が人間じゃない、ということに気づいたら」

「な…に言ってるんです？」

彼は一呼吸おいてから、自嘲するように言った。

「吸血鬼でも、ヴァンパイアでも、好きな呼び方で呼ぶといい。私は人よりも長く生き、人のオド、生気を吸って生き延びる化け物だ」

あまりに荒唐《こうとう》無稽《むけい》で、それでいて彼にぴったりの言葉に、俺は笑い飛ばすことすらできなかった。

だがすぐに信じることもできなかった。

「俺を…、からかってます？」

「いいや」

「本当に？」

「本当に」

「でもそれじゃここの契約はどうしたんです？　お金はどうやって稼いでるんです？　ヴァンパイアなら戸籍なんかないでしょうし、食べ物だって普通の人と同じものなんか食べないって…」

言いながら、思い出した。この人は、ずっと食事は好きじゃないと、あまり食べないのだと言っていたことを。

でもまさか…。

「戸籍はなかったな。だが作ることはできる。世の中には戸籍のない国もあるし、養子縁組という方法もある。君達が思っているより、『我々』は大勢いるからね。皆で上手くやってる。映画や小説では、中世そのままに生きてるように描かれることが多いが、考えてごらん、君達より長く生きているんだ、その分知識は溜まってゆく。上手くやる方法はいくらだって学ぶさ」

羽川さんは、日中出掛けることはなかった。

大抵は夜か、雨の日だった。

「食事をする必要がないのに食べるのも、上手くやる方法の一つだ。だが全くの無駄というわけでもない。生きていたものを食べるのだ、僅《わず》かではあるが、エネルギーにはなる。あまり食べたいとは思わないがね」

「でも俺の作った料理は…」

「そう。そこにもっと早く気が付くべきだった」

彼の口元が難しそうに歪んだ。

「蓮の作る料理は美味かった。どうして美味いのかを、もっと早く考えてみればよかった。君の手を通して、君のオドが料理に流れ込むから、美味しかったのだ。機械の作る大量生産を不味いと思うのなら、美味いと思うものはその根本から美味いものが注がれている。つまり、私を好きだと思う、無垢な魂のオドが」

確かに、彼が好きな俺の料理は、麺を手で揉み込む冷やしうどんや、肉を手でこねるハンバーグとかだった。

あれはただ単に手料理が好きなだけだと思っていたのに。

「オドって、何です…?」

「人間の作った言葉だ。オド、或《あ》いはイドともいうようだが人の根本的な生態エネルギーのようなものだ。魂の基本、生きる力、本能の欲望、そんなものだ。私達は欲望が少ない。物欲や生きる気力がない、とでも言えばいいのか、『何かがしたい』と思うことがない。

睡眠欲、執着がない。せいぜい食欲を感じるぐらいかな？」

嘘だ、作り話だと思うのに、俺は話を遮ることができなかった。

「生きる気力がなければ、死んでしまう。だが死にたくはないのだ。だからそういうエネルギーを他者から得る。他人の生きる気力をもらうのだ」

「取られた人は…、どうなるんです…？」

「暫くは無気力になるだろうな。だが君達はそれをすぐに作り出すことができる。私も、そういう欲望に満ちたタイプしか食べないようにしている」

「あの女の人達ですか…？」

「そうだ。次から次へと、あれが欲しい、これがしたいと思うような欲の深い連中だ。特にセックスの最後には、私を望んでいいオドを出してくれる。…君からももらったことがある」

「俺から？」

「最初はいつもの食事の御礼に君に私の持つオドを流し込んだ。風邪を引いて倒れた時だ。『生きる気力』が身体中に漲《みなぎ》って、病気も消し飛んだろう？」

夢だと思った怪しい彼の行動。

突然寝ている俺を襲うなんておかしいと思っていたけれど、あれは…。

「送り込み、交流した時に、君を味わった。美味しかった。元気な君を『食べたい』と思った。実際つまみ食いもした」

「つまみ食い？」

「キス、しただろう？」

彼は笑った。

「力が抜けて、立てなくなった」

確かに、キスだけで腰が抜けた。

「彼女達のオドは、混沌としていてはっきり言うと不味い。雑多すぎるのだ。食べられるものだと言っても、味のバランスも考えずに鍋に入れて煮た料理が不味いのと一緒だ。美味いのは、レシピに沿って作られたような整然とした思考を持つ者か、もぎたての果実のように欲望の種類が少なく純粋である者、つまり君だ」

「俺は…、食事なんですか？」

「最初はそのつもりだった。君達が思うより、私達は慎重で礼儀正しい。異質なものに対する人間の醜さはよくわかっているからね。そのために人に擬態しているようなものだ。目立たず、人とも交流し、地域に溶け込む。だから獲物とする相手は、私を欲しがる者に限っていた。こちらから無理やり襲うなんてことはしない。君にも敬意を払って、私を欲しがるように付き合おうと言ったのだ」

最初の頃、食べたいだの、美味いだのと言ってたのはそういうことだったのか。

俺に抵抗感をなくさせ、彼を欲しいと思わせるための芝居だったのだ。

「拒絶されても、時間はたっぷりある。いつか君を手に入れることはできるだろうと思っていた。なのに…、あの女の匂いを嗅いだ時、私の中に欲が生まれた」

「あの女？」

「君の恋人だと思っていたお姉さんだ。あれを嗅いだ時、私の蓮に雑多な匂いをすりつけるな、これは私のものだ、という欲望が生まれた。何かをそんなふうに望むなんて、私達にはないことだと思っていた。だからわかった、私は君が好きなんだ、と。食べ物ではなく、君という存在が好きなんだと」

「で…、でも、それじゃどうしてあの時に…」

「蓮を抱きたかった。人間の恋人のように、純粋にセックスをしたかった。絶頂の快楽に交感することは考えたが、食らうつもりではなかった。けれど、君は…、童貞だった」

羽川さんの顔から笑みが消える。

紫色の瞳が真っすぐにこっちを見ている。

暗がりの中でこんなにはっきり彼が見えるのは、彼自身が淡く光っているからだとやっと気づいた。

あれは…、オーラみたいなものだろうか？

「キスして、触れたら、君を味わうことに歯止めが利かなくなるだろうと思った。最高の料理だ、味見だけで終われるはずがない。きっと本気で食ってしまう」

「俺が…、死ぬまで…？」

「そんなことはしないさ。だが本性は隠せなくなるだろうと思った」

「本性？」

「今の私を見て、怖いと思わないか？」

胸元で組んでいた腕を解き、彼がこちらへ向き直る。

青白い光は更に強くなり、まるでＣＧみたいに羽川さんの姿だけがくっきりと浮かび上がる。

白い肌、赤い唇、紫色の瞳。

霊感なんてこれっぽっちもない俺にも、彼が異質だということはわかった。

少なくとも、普通の人間じゃない。

「怖くは…、ないです…」

「本当に？」

「多分。…だって、羽川さんだから」

ゆっくりと、冷たい笑みを浮かべながら彼は近づいてきた。

「私は君を抱くよ」

気配を、冷たく感じる。

冷気の塊が近づいてくるみたいに。

「君を悦ばせ、快楽と欲望を解放し、それを味わう。恋人とセックスしたことはないが、自分の中に欲望が生まれると、力の制御が利かなくなるとは聞いていた。擬態できず、本性を表し、結果、化け物だと気づかれて逃げられるのだと。君とは…、まだ終わりたくなかった。逃がしたくなかった。だから距離を置いたのだ。不味い食事でも腹一杯になれば、君に対する渇望も薄まるだろうと、手当たり次第に食い続けた」

「あの…、女の人達…？」

羽川さんはベッドの足元に立ち、端に腰掛けた。

互いに手を伸ばせば届く距離だ。

「そうだ。今食べたばかりなのに、蓮を前にするとまた飢えに襲われる」

「俺が…、美味しい餌だから食べたいんですか…？」

「だったらあの時に我慢などせず食べたさ。私達は食事の時に、君達ならフェロモンと呼ぶような催淫物質を出すらしい。酒に酔ったように、彼女達は何も覚えていないだろう。君にもそうすることはできる」

酩酊状態だった女性。

キスだけで酔ったように目眩を感じた自分。

「じゃあどうして…」

彼の説明などみんな嘘臭い。そんなことあり得ないと否定するべきなのに、思い返せば答え合わせのように彼の言葉が真実なのだと思わせる。

信じられないことなのに。

「それも、コントロールできないかもしれないと思ったからだ。もし上手くごまかせなかったら、蓮は逃げるだろう?」

冷たい手が、俺の足首を捕らえた。

「逃がしたくない。初恋なんだ」

「え…?」

「言っただろう。私達は欲望が薄い。特定の誰かを独占したいなんて感情、あるはずがないのだ。追われる危険性を感じる以外には保身も考えない。金も、権力も、人も、餌も、いつかはまた手に入ると惜しむことはしない。だが、蓮は別だ」

掴まれた足首を引っ張られ、その甲に口づけられる。

「君だけは、私のものにしたい。私だけのものに。君のオドが美味いからかもしれない、君が作る料理が美味いからかもしれない。だがそんな人間は今までだっていた。なのに、君だけは離したくない。これは君の…、『人』の言う恋だろう？　それを初めて感じてるのだから、これは私の初恋だ」

口づけられたところから、ゾクゾクとしたものが広がる。

全身が蟻走感《ぎそうかん》に包まれる。

これも彼のフェロモン？

「君が何を思おうと、私は君を手に入れる。他の者に奪われるぐらいなら、一度だけだとしても、蓮を味わう」

彼がベッドに這い上がり、重みでマットがそちらに傾く。

「気持ちよくしてあげるよ。痛みも感じないほどに」

「そんなの…、嫌です」

「嫌だと言ってもするさ。もう蓮に選択権はない」

「変な力を使われるのは、嫌です。気持ちよくなくても、羽川さんに抱いて欲しい」

「蓮？」

「俺があなたに言うのは、いつも同じです。俺のことを好きなら、いいです。他の人の代わりや、一度だけなんて考えじゃなくて、俺だけが欲しいって言ってくれるなら、何をされてもいいです」

心臓が鳴り過ぎて胸が痛い。

恐怖か、緊張か、期待か、それとも他の理由なのかわからないけれど、さっきから心臓がうるさいほど鳴っている。

「俺はあなたが好きで、ここで逃げられた時から、ずっと悲しかった。メールを送っても返事もくれなくて、会ってもくれなくて…。なのに他の女性は抱いてるんだと思うと、死にそうなほど悲しくて苦しかった。あんな思いをするぐらいなら、あなたが人間じゃないぐらいどうでもいい」

「蓮」

「食べられて、死ぬわけじゃないんでしょう？　死ぬのはまだだめです。舞亜の、姉さんの結婚式ぐらいは出たいから。でも、あなたが普通の人と違うぐらいなら、俺があなたを拒む理由にはなりません」

「私は化け物だよ？　ヴァンパイアだ」

「俺なんか、もうすぐ魔法使いになるんです」

「魔法使い?」

「男が三十まで童貞だと、魔法使いになるんです。あなたを好きになったから、きっと俺は一生女性を抱くことなんかなくて、童貞のままで…、だから魔法使いになるんです。それに比べたらヴァンパイアなんて大したことじゃないです」

羽川さんは笑った。

この部屋に入って初めての、優しい笑みだった。

「魔法使いねぇ…。そういう都市伝説もあったな。では、魔法使いになる前に、ヴァンパイアの花嫁になってみるか?」

羽川さんは身を乗り出して俺にキスした。

唇が当たるだけの軽いキスだったけど。

「…なります。男でもいいなら」

「私は男でも女でも気にしないよ。蓮であればね」

それからもう一度、今度は舌を使った激しいキスをした。

頭の芯を蕩けさすようなのを。

「変な力は使ってないですよね…?」

「コントロールできなくなるほどまだのめり込んでないから使ってはいないよ。気持ちいいのか？」

訊かれて顔を赤らめる。

キス程度で気持ちいいと感じると白状したみたいで。

けれど彼は満足そうにもう一度キスしてくれた。

「私も気持ちいいから、これは恋の快感だな」

とても嬉しそうに。

今度こそ、初めての夜だった。

「明かりは点けないでおいてあげよう。その方が蓮が緊張しなくていいだろう。私には明かりなど関係ないし」

「暗くても、見えるんですか？」

答えず、彼が笑う。

…見えるんだ。

前の時と同じように、彼は俺の耳の後ろに顔をうずめるようにしてキスした。

匂いを嗅ぐように鼻を動かしているのがわかる。

香水なんかも耳の後ろへ付けるというし、匂いがするのだろうか？

「欲望って、怖いな」

耳元で、声がした。

「本当に制御ができない」

「そんなの…しなくても…」

「優しくしないと逃げるだろう？」

「逃げたりしません。俺…初めてだから…、優しいのかそうじゃないのかわかんないし…。ネットで調べたら痛いのが当然で、簡単に入るもんじゃないとも書いてあったし」

「調べたんだ？」

言い過ぎた。

「それはやっぱり、初めてだから失敗したらと思って…」

身体が熱い。

恥ずかしくて熱いのもあるけれど、密着してる羽川さんの重みを感じるだけで体温が上がってしまう。

彼の身体は、ひんやりとしていた。

男性は女性よりも体温が高いというから、温かいはずなのに、心地よいほどひんやりしている。やっぱり人ではないから？

「あ…」

手が、シャツの裾から入り込む。

今日は、お気に入りのシャツではなかった。

普段部屋で着ている、色気も何にもない無地のTシャツだった。

暗いのなら関係ないのか。いや、脱いでしまうなら関係ないというべきか。でも、やっぱり綺麗な服を着てくればよかった。

「身体の中を、粒子が巡ってると思いたまえ」

「え？」

「人のエネルギーが粒子として全身を駆け巡っている。それが欲望や快感を得ることで活動を激しくし、多量に放出される。私はそれを食べる」

手が胸をいじる。

「はい…」

乳首の先をつまんで、こねるように弄ぶ。

それだけでもう胸がバクバクした。

「だから、もっと激しく感じてくれると嬉しいな」

「これ以上は無理です。もう苦しくて死にそうです」

「気持ちいい？」

「…いいです」

「私が欲しい？」

欲しい。

でも恥ずかしくて言えない。

その無言を、彼は『まだ』だと勘違いした。

「じゃあ欲しくなってもらわないと」

優しく撫で回すような愛撫をされた前回とうって変わって、彼はいきなり俺の下半身に手を伸ばした。

「風邪で倒れた時、勃起したのを見ればよかったな」

ゆったりしたカーゴパンツの中、俺はもう反応していた。

それを布の上から彼が握る。

「…は、…羽川さん…っ！」

優しく、軟らかく。

「そうしたらあの時に君が未経験なのだとわかって、ちゃんと計画を立てながら近づいたのに」

他人の手の感触は、布ごしでも俺を煽った。

「でも、わかんなかったから…、気に掛けてもらえたんでしょう…」

あの時にバレてたら、その後の時間はなかっただろう。こんなふうに触れてももらえなかったかも。

そしたら、俺は単に彼の餌になっただけだろう。

「ずっと気に掛けてたさ。君は童貞でもそうでなくとも、心根がいい」

「そんなこと…」

「詮索したり、不必要な興味を持ったり、疑ったりしなかっただろう？　見返りも求めず、かと言って媚びを売ることもなかった。新鮮だったよ」

手が、ファスナーをおろし、ボタンを外し、前を開ける。

「う…」

「ああ、可愛いな」

光などなくても見えてる彼が、俺を見て笑った。

俺は見えないのに、彼の視線を受けて自分のモノが大きくなるのを感じる。

「では、遠慮なく」

「あ…！」

会話が途切れ視界から羽川さんの頭が消えた。

ズボンの前を開けられた部分の下着が引っ張られて中身を取り出される。

そして口が…、羽川さんの口が、俺を咥えた。

「あぁ…、や…っ」

ゾクゾクっと快感が走る。

背中に、腕に、足に鳥肌が立つ。

いきなりフェラチオなんて、ハードルが高すぎる。他人に触られるだけでもイッてしまいそうなのに。指よりも軟らかくて濡れた感覚は、気持ちよすぎて我慢ができない。

「羽川さん…っ。そんなことしなくていいから…。触るだけで十分ですから」

「私がしたいんだよ」

「…喋《しゃべ》らないで」

声と舌の震えが、直接ソコを刺激する。

張り詰めたモノが痛みを覚える。

でも我慢しなくちゃ。

だって今出したら彼の口の中に…。

それだけはダメだ。

けれど、我慢すれば我慢するほど、追い詰められ、感じやすくなってしまう。

ねっとりと、生き物のようにまとわりつく舌。

指がそこに加わって、先を剥《む》く。

「ん…」

皮を捲《めく》って、もっと敏感な場所を取り出し、そこにも舌が這う。

「あ…、あ…」

恥ずかしいほど声が溢れ、止まらない。

「だめ、離して…。出る…」

「いいよ」

「羽川さん!」

「体液を直《じか》に飲むことは少ないが、君のならいい」

「そんなこと…言わないで…」

腰がビクビクと震える。

舌は執拗《しつよう》にそこを嬲《なぶ》り続けた。

歯が軽く当たり、軽く吸い上げられる。

本当に出そうになって、俺は悲鳴を上げた。

「お願い…、離れて…」

そこでやっと彼が離れる。

「お願いされると弱いな」

股間が、ズキズキする。

あとほんの一押しで出てしまうギリギリの状態だ。

「じゃあここを持って」

羽川さんは俺に手を取り、俺の硬くなった場所を握らせた。自分のモノの熱さと硬さに戸惑うと、彼は命じた。

「根元のところをね、ぎゅっと握るんだよ」

「な…んで…」

「体液がダメなら最高の欲望をもらおう。だからまだイッてはダメだ。もっと、もっと欲しがってもらわないと」

俺が言われた通りにすると、予想外の力で彼が俺を抱き起こす。

「う…」

刺激を耐えるために指に力が入る。

「そのまま我慢してろ」

羽川さんは背後から俺を抱え、シャツの中に手を入れて胸を探った。

「あ…」

胸も感じる。

なのにそれに加えて舌が耳を舐る。

「や…」

快感が全身を駆け巡る。

彼が言ったように、自分の内側に細かな粒子が走り回っているようだ。

乳首を責め立てられ、イキそうなのにイケなくて、その粒子が出口を求めて皮膚のすぐ下を流れてゆく。

気持ちいい。

もっと気持ちよくなれるはずなのに、それが許されなくて苦しい。

彼の右手が、俺の心臓の上に移動した。

強く押され、ドクンと心臓が脈打つ。

心地よい冷たさを持っていた彼の手が、熱い。

その手から、何かが流れ込んでくる。

これが交感?

風邪を引いて朦朧としていた時にもこんな感じだった。

彼が触れて、熱くなって、気持ちよくて…。

「自分で動かしちゃダメだよ」

「動かすなんて…」

「握るだけだ」

耳元で声がする。

彼の姿が見えないから、この闇全てが羽川さんのような気がする。

彼には、俺の痴態が見えている、と思うと余計に暗闇にもう一人の彼が潜んでいるような気がした。

「は…ぁ…」

苦しい。

悦すぎて、苦しい。

「蓮」

耳元で彼が呼ぶ。

唇が、首に吸い付く。

肌の下の粒子が、吸い付かれた場所に集まってゆき、そこからまた全身に広がる。

「脚を開いて」

脚を開くと、長い手が背後から伸びて俺が握っている場所へ近づいた。

これで終われる、と思ったのに、手はそこを素通りしてもっと先へ向かった。

「あ…」

穴に指が届く。

どうやって入ろうかというように周囲を彷徨《さまよ》う。

女性は感じると入口に露が溢れるけれど、男のそこは排泄器官でしかないから、ローションとかジェルとかを使わないと異物を入れるのは無理だとネットに書かれていたのに、その指は柔肉を割って中へ入ってきた。

「…ひっ」

何で？

どうして入れるんだ？

「あ…ぁ…っ」

わからない。

わからないけれど、深く差し込まれた長い指にそこをいじられると、胸や股間をいじられた時とはまた違う快感と焦れったさが湧く。

呼吸に合わせてヒクつく肉が、指を捕らえているようだ。

「は…さん…」

「イキたいんだね?」

悪魔の囁きのように、彼が呟いた。

「わかるよ。純度が上がった」

恥ずかしいけれどその通りだ。イクのを我慢させられるなんて初めての経験で、早く楽になりたい。

「羽川…さ…」

握ってる自分の手が、先漏れで濡れる。

「もう…、もう…」

「私が欲しい?」

「イカせて…」

「私が欲しいか?」

彼が欲しい?

欲しいってどんなふうに？

よくわからない。わからないけれど、この苦しさから解放されたい。

「……欲しい」

涙声で言うと、彼はキスして俺を横たわらせた。

「まだ握っていろ」

視界に戻ってきた彼の目が妖しく光る。

ああ、あの時。ここから立ち去った時、怒ってると思ってた顔は、彼も我慢をしていたせいだったのかな。

「痛みは少ない。そこは君のために協力しよう。その代わり、快感は強まるだろうがね」

ああ、やっぱり痛みがないのは彼のせいなのか。

開いた脚の真ん中に彼が移動する。

爽やかな彼のコロンの香りが鼻を掠めた。

鼻腔《びくう》の奥で、それがパチンと弾け、目眩に似た陶酔感に包まれる。けれど意識を失うほどのものではなかった。

指が、さっきまでいじっていた場所を広げる。

ひんやりとして湿った塊がそこに押し当てられる。

来る、と思うと、怖くて目を瞑《つむ》ってしまった。

「やっと、君を味わえる」

弾むような声が聞こえる。

次の瞬間、肉を割ってそれが入ってきた。

「あぁ…」

握っていろ、と言われたのに、手が離れる。

汚れてるから彼に触れてはいけないと思うのに、怖くて、目の前の羽川さんに手を伸ばす。

「何…、いや…」

「大丈夫だ。気持ちいいだろう?」

痛くなかった。

違和感と異物感は強く感じたけれど、広げられた肉からはあまり痛みを感じなかった。

それだけに、彼が入っているという感覚がリアルになる。

「ひ…っ、あ…。やだ、奥…」

羽川さんが近づく。

薄く、満足そうに笑った紫の目が光る。

その顔がはっきりする度、身体の奥に彼が進んで来る。

まだ？　まだ入ってくるのか？　どこまで？

ぴったりと狭い場所に、そこに収まるのが当然のように彼の硬いものが落ち着くまで、俺は身を捩《よじ》り続けた。

逃げたいというのではなく、そうしないとおかしくなってしまいそうで。

「蓮」

ようやく動きを止めると、彼がまた俺の名前を呼んだ。

「こうしてるだけで、君の脈動も、呼吸も、鼓動も感じる。私を受け入れて、快楽を得て、絶頂に達することができずに全身が騒いでいる」

繋がった場所で肉が擦れる。

高く勃ちあがった俺のモノが、彼の身体に擦り付けられる。シルクのシャツの滑らかな感覚が先端をこするのも気持ちいい。

「羽川さん…っ」

彼が身体を離した。

中のモノがずるりと抜ける。

「ひ…」

抜けてしまう、と思った時、もう一度深く刺し貫かれる。

「や…っ！」

身体の奥を、内臓を突き上げられる。

いや、それよりも入口の肉がこすれる方が気持ちいい。

「羽川さ…」

揺れる。

世界が揺らされる。

「体液も飲みたかったが、今回は我慢しよう」

俺がヒクつくリズムを無視して、彼が何度も挑んでくる。

「こうしてるだけでも、美味しいから」

感覚が麻痺《まひ》して、恥ずかしいとか、こんなことおかしいとか、何も考えられなくなってくる。

気持ちいいことだけ、考えよう。

俺の純粋な欲望が、彼の糧となるなら、それを与えてあげたい。

俺はずっと、彼に料理を作り続けてるなぁ。

「君を食らうよ」

羽川さんはそう言うと、グッと深く挿入《さしい》れて、俺の首筋に咬《か》みついた。

「あぁぁ…」

熱が、そこから吸い上げられる。

自分自身が細かな粒子になって、溶けてゆく。

肉体の快感と感覚の快楽に翻弄されて、理性が消える。

意識などしなくても、頭の中は彼のことでいっぱいだった。

イキたい。

イカせて欲しい。

羽川さんに絶頂を与えて欲しい。

肌が裂けて、粒子が零れる。

俺という形が消える。

羽川さんの舌が首筋を濡らす。

実際、歯は当てられなかったので、痛みはなかった。吸い付かれてるという感覚もなかった。ただ、彼が口を合わせた場所から、力が吸い取られ、脱力感に酩酊する。

溶ける。

溶けた俺が啜られて、彼になる。

冷たい彼の中に生まれた熱が、俺の身体の中で膨らみ、擦りあげられて…。

「あぁ…」

弾けた。

お腹の中に冷たいものが溢れ、繋がった場所を濡らす。

それで終わりだと思ったのに、その露を使って、更に彼は腰を動かした。

「もう…」

俺がそれを締め付け、絶頂を迎えても。

「……もう…」

力が抜けて、意識を失っても。

彼は俺を味わっていた。

「蓮…」

貪り尽くすように…。


広いベッドの中。

目覚めると、彼は隣にいた。

満足した笑みを浮かべて、俺の髪を撫でていた。

俺は、この人に抱かれたんだなぁ、と思うと、また身体が疼く。

でもそれをおさえて微笑み返すと、彼が言った。

「蓮は、隣の部屋を引き払って、私の部屋に引っ越してきなさい」

「は？」

「隣に住んでると、君の姉上がやってくるだろう。他人との同居となれば早々はやって来なくなる」

「舞亜が来るといけないんですか？」

「彼女の匂いがつくのは嫌だ」

どうやらあの香水事件は、彼にとって相当嫌なことだったようだ。

「だって、姉さんですよ？」

「だが君のことが好きな女性だ。君に向けられる好意が、周囲に漂っているのは気分がよくない」

子供みたいな言い分に少し笑ってしまう。

「肉親なんだから仕方ないですよ。それに、もうすぐ彼女の好きな人の中でも特別が現れると思いますし」

「恋人ができるのか？」

「多分。今、努力中です」

「それはいい。是非とも応援したまえ」

やっぱりこの人は基本素直というか正直というか、純粋な人なのだ。子供っぽいほど。

「それに、同居は私のためだけではない、蓮のためにもなる」

「俺のため？」

「私は食事をする。蓮が私を好きでいてくれれば、君のオドが涸れることはない。私に対する欲望が湧き続けるから。一緒に暮らせば、私はそれだけを食べて生きてゆける」

「もし一緒に住まなかったら…？」

「他所で調達することもあるだろう」

意地の悪い笑み。

他の人とこういうことをする、と言ってるのだ。俺がそれを嫌がるとわかっていて。

「それは飽くまで食事だし、私が蓮以外に欲を持つことはないがね」

返事は決まってる。

彼が目の前で女性とマンションに消えた時の苦しみは、もう二度と味わいたくない。

「色々、問題がありますよ」

「解決に協力する」

「本当に俺だけで我慢できます？」

「初恋だと言っただろう？」

「俺に、もっと『あなた達』のことも教えてくれます？」

「知りたいなら。一生君と暮らすつもりだからね」

「それなら…」

俺はふいっと背を向けた。

あんなことをしたのに、激痛に見舞われないというのも、問題だ。

気持ちいいばかりでは、いつかきっと溺れてしまう。

「…そのうちに」

俺は、夢見がちなファンタジーマニアでも、現実を見ていない中二病でもない。

霊感もなくて、子供の頃から幽霊も見たことがなかったし、妖怪がいることを強く信じているわけでもない。

妖怪だの魔物だのは、もしかしたらどこかにいるかもしれないけれど、実体を見られるのは映画の中くらいのものだろうと思っていた。

でも俺は、魔法使いになる。

男の人と恋をして、もうきっと女性を肌を重ねることなく、童貞のままで一生を過ごすだろうから。

そしてその前に、ヴァンパイアの嫁になる。

俺が好きになった人は、どうやら本当にそういうものらしいし、欲望がないと言いながら、俺に対する独占欲だけは強くて、きっと一生逃がしてなんかもらえないだろうから。

「蓮、愛してるよ」

彼のその言葉が、涙が出るほど嬉しいと感じてしまうから…。

あとがき

皆様初めまして、もしくはお久しぶりでございます。火崎勇《ひざきゆう》です。

この度は『魔法使いのその前に』をお手にとっていただき、ありがとうございます。

イラストの乃一《のいち》ミクロ様、素敵なイラストありがとうございます。担当のN様、ありがとうございます。色々とご迷惑をおかけいたしました。本当にありがとうございます。


さて、今回のお話、いかがでしたでしょうか？

タイトルに『魔法使い』と入っているだけにちょっとファンタジーかと思いきや、都市伝説の話。でも、結末はヴァンパイアの花嫁…。

ちょっと飛んでます？

一応、布石はしておいたのですが…。

まあそんなわけで、蓮《れん》は羽川《はがわ》の嫁になりました。

羽川が作中で言っているように、彼の一族は世界中に結構多くいます。中には華僑の金持ちやアラブの石油王なんかもいて、一族の金銭的バックアップを行っている、という設定です。

なので羽川さんは働かなくても金持ちなのですが、知り合いがいないとおかしいということで働いています。ちなみに、彼は貯金はせず、金や宝石として貯蓄してます。なので、いつか蓮がそれを見つけたら、びっくりするかも。

そして今は翻訳家兼作家ですが、職業も色々やってきました。何せ歳をとらないので、一つの職業で一つの場所に住んでると怪しまれてしまいますから。

でもまあ、暫くは今のまま、あのマンションに住むでしょう。

で、これからの二人はどうなるでしょうか？

まず、舞亜《まいあ》は幸せな結婚をするでしょう。そしてそれを理由に、舞亜のツテで住んでいたからと言って蓮は羽川の部屋へお引っ越しする。

羽川は誠意をもって舞亜に接しますが、彼女は羽川が胡散臭い人間だと思っているので、あまり歓迎しないかも。もっとも、二人がデキてるとわかると、感じていた胡散臭さはそのせいだったかと誤解するでしょう。

男同士の恋愛は認めても、ヴァンパイアの花嫁は…。反対されてしまうか？　それとも面白いと応援されるか？

二人の恋愛問題としては、蓮の店に訪れる客が蓮を気に入って口説いたりすると大変です。

仕事から帰った蓮を捕まえ、嫌な臭いがする、と羽川は警戒する。けれど、蓮は自分がそんな対象になるわけがないですよ、と気にもしない。でも店の帰りに待ち伏せされて襲われたりする。

誰もいない場所で助けを求めて「羽川さんっ！」と名前を呼ぶと、夜の暗闇から蝙蝠の影が集まって羽川になったりするとカッコイイかも。

「私の花嫁に手を出さないでいただきたいな」

とか言って。

いや、羽川が蝙蝠に変身するかどうかは考えていなかったのですが…。

羽川狙いの女性や男性が現れても、羽川が相手にしないので、ちょっと蓮がヤキモキするぐらいであまり問題にはならないかも。

一方、羽川の同族が現れるというのもお約束な感じでいいかも。

二人で平和に暮らしていると、ある日羽川が好きで、いつか自分と一緒になってくれると思ってたナマイキな美少年とかやってくる。

もちろん、美少年にとっては蓮は邪魔者。なので色々意地悪したり、他の人間に襲わせようとしたりして、羽川に怒られる。

美少年は「たかが餌がどうしてそんなに大事なの？」と言うけれど、羽川は「彼は餌ではない。私の妻だ」と断言するとか。

または、羽川の友人である人間嫌いの男かなんかがいて、蓮を紹介するためにその男の家を訪れる。もちろん、金持ちです。

人間は嫌いだが、羽川の妻ならと仕方なく滞在を許可するけれど自分には近づくな、とか言ってたのに、物怖じせず、正直な蓮が気に入って、蓮に惹かれてしまう。そして羽川ではなく私のものにならないか、とか言い出したりして。

誠実な人間なら、正々堂々と戦い、蓮にどちらを選ぶのかと問い詰める。

もちろん、返事は羽川に決まっていますが。

悪い人なら、フェロモン全開で蓮を誘惑して美味しくいただこうとしたところを羽川に踏み込まれて戦いに？

まあ、色々とトラブルは想像できますが、二人の関係としては問題ないでしょう。

何せ、何十年、もしかしたら何百年生きてきたとしても、羽川にとってはこの恋が初恋。もう蓮にメロメロですから。

毎日蓮の手料理と蓮を美味しくいただいて、甘い生活を楽しむでしょう。

それではそろそろ時間となりました。またの会う日を楽しみに。皆様ごきげんよう。

やん

ガッシュ文庫

魔法使いのその前に
（書き下ろし）

火崎 勇先生・乃一ミクロ先生へのご感想・ファンレターは
〒102-8405 東京都千代田区一番町29-6
（株）海王社 ガッシュ文庫編集部気付でお送り下さい。

魔法使いのその前に

2014年8月10日初版第一刷発行

著　者　火崎 勇［ひざき ゆう］
発行人　角谷　治
発行所　株式会社 海王社
〒102-8405　東京都千代田区一番町29-6
TEL.03(3222)5119(編集部)
TEL.03(3222)3744(出版営業部)
www.kaiohsha.com
印　刷　図書印刷株式会社

ISBN978-4-7964-0599-7

火崎 勇
presented by You Hizaki
湖水きよ
舌先《したさき》の魔法《まほう》
Magic of a chocolate
お前の舌が、言葉が、身体が、すべて欲しい。
海外帰りのショコラティエ・小笠原は、恋愛よりも、常に仕事優先。同性のセフレは数人いたが、どれも長続きはしなかった。そんな折、店を取材したいという雑誌編集者の玉木に出会う。繊細な容姿も仕事に対する姿勢も好みなのに、「甘いものは苦手」と彼は言う。—俺の味に、俺自身に惚れさせてみたい。小笠原は、プロとしてのプライドも刺激され、彼が満足するチョコを作ろうと試行錯誤するが…。見た目も腕も極上のショコラティエ×憂いを抱える編集者の甘い一粒の恋。

小説原稿募集のおしらせ

ガッシュ文庫

ガッシュ文庫では、小説作家を募集しています。
プロ・アマ問わず、やる気のある方のエンターテインメント作品を
お待ちしております！

応募の決まり

[応募資格]

商業誌未発表のオリジナルボーイズラブ作品であれば制限はありません。
他社でデビューしている方でもＯＫです。

[枚数・書式]

40字×30行で30枚以上40枚以内。手書き・感熱紙は不可です。
原稿はすべて縦書きにして下さい。また本文の前に800字以内で、
作品の内容が最後まで分かるあらすじをつけて下さい。

[注意]

・原稿はクリップなどで右上を綴じ、各ページに通し番号を入れて下さい。
また、次の事項を１枚目に明記して下さい。

タイトル、総枚数、投稿日、ペンネーム、本名、住所、電話番号、職業・学校名、年齢、投稿・受賞歴（※商業誌で作品を発表した経験のある方は、その旨を書き添えて下さい）

・他社へ投稿されて、まだ評価の出ていない作品の応募（二重投稿）はお断りします。

・原稿は返却いたしませんので、必要な方はコピーをとって下さい。

・締め切りは特別に定めません。採用の方にのみ、３カ月以内に編集部から連絡を差し上げます。また、有望な方には担当がつき、デビューまでご指導いたします。

・原則として批評文はお送りいたしません。

・選考についての電話でのお問い合わせは受付できませんので、ご遠慮下さい。

※応募された方の個人情報は厳重に管理し、本企画遂行以外の目的に利用することはありません。

宛先

〒102−8405　東京都千代田区一番町29−6
株式会社 海王社　ガッシュ文庫編集部　小説募集係